京都祇園もも吉庵のあまから帖7

志賀内泰弘

PHP
文芸文庫

○本表紙デザイン＋ロゴ＝川上成夫

もくじ

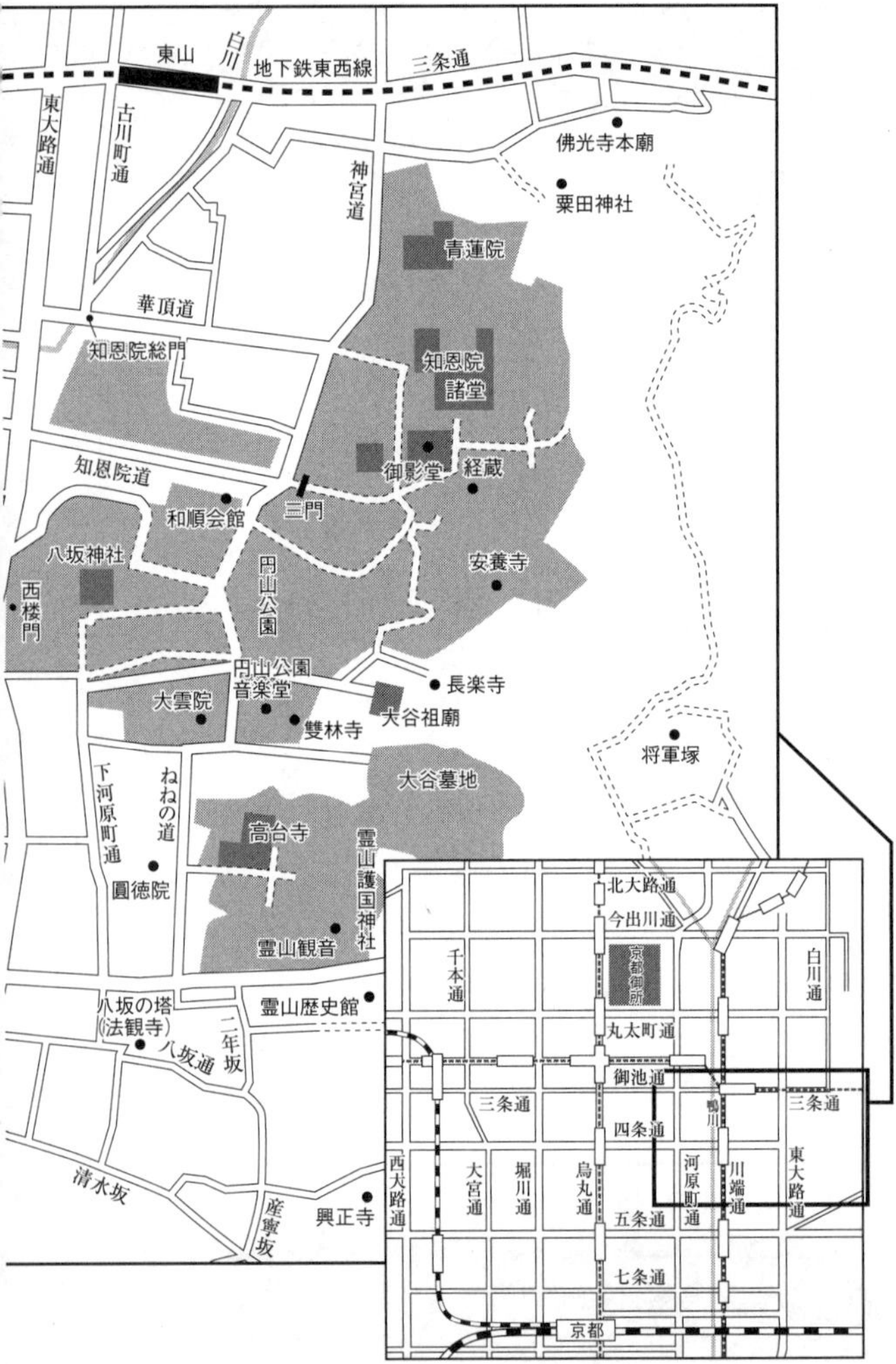
東山
白川
地下鉄東西線
三条通
東大路通
古川町通
佛光寺本廟
神宮道
粟田神社
青蓮院
華頂道
知恩院総門
知恩院諸堂
御影堂
経蔵
知恩院道
三門
和順会館
八坂神社
安養寺
円山公園
西楼門
円山公園音楽堂
長楽寺
大雲院
雙林寺
大谷祖廟
将軍塚
下河原町通
ねねの道
大谷墓地
高台寺
霊山護国神社
圓徳院
霊山観音
八坂の塔（法観寺）
霊山歴史館
二年坂
八坂通
清水坂
産寧坂
興正寺
北大路通
今出川通
京都御所
千本通
白川通
丸太町通
御池通
三条通
鴨川
四条通
西大路通
大宮通
堀川通
烏丸通
五条通
河原町通
川端通
東大路通
七条通
京都

祇園町付近図

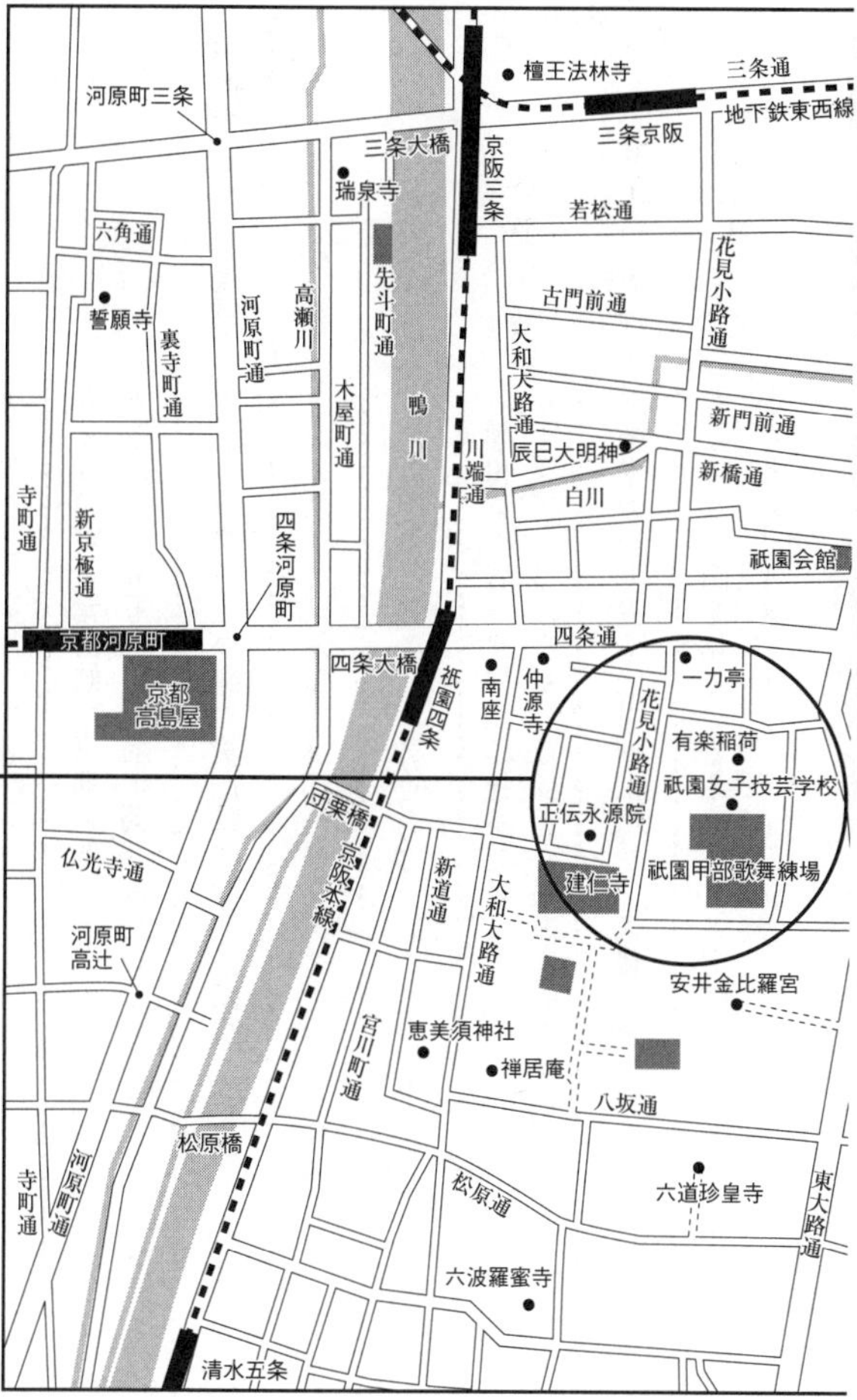

もも吉庵界隈

登場人物紹介

もも吉《きち》
祇園の〝一見《いちげん》さんお断り〟の甘味処「もも吉庵《あん》」女将《おかみ》。元芸妓《げいこ》で、お茶屋を営んでいた。

美都子《みつこ》
もも吉の娘。元芸妓で京都の個人タクシーの美人ドライバー。ときおり「もも也《や》」の名で芸妓も務める。

隠源《いんげん》
建仁寺塔頭《けんにんじたっちゅう》の一つ満福院《まんぷくいん》住職。「もも吉庵」の常連。

隠善《いんぜん》
隠源の息子で副住職。美都子より四つ下の幼馴染《おさななじ》み。

奈々江《ななえ》
「もも奈《な》」の名で舞妓《まいこ》になったばかり。東日本大震災の遺児。

斉藤朱音《さいとうあかね》
老舗《しにせ》和菓子店、風神堂の社長秘書。ちょっぴり〝のろま〟だけど心根の素直な女性。

若王子美沙《わかおうじみさ》
風神堂の烏丸五条工場副工場長。朱音が苦手。

おジャコちゃん
もも吉が面倒を見ているネコ。メスのアメリカンショートヘアーで、かなりのグルメ。

第一話　春浅し　焦がれし恋に忍ぶ恋

「ミャウ、ミャウ〜（美味《おい》しいなぁ、美味しいなぁ〜）」

やや小ぶりの清水焼《きよみずやき》のお茶碗《ちゃわん》に、小豆《あずき》のお粥《かい》さんがよそわれている。熱々やから、もも吉《きち》お母さんが「ふぅふぅ」冷ましてから目の前に置いてくれた。うちは、何しろ猫舌やさかいになぁ。

「ミァ〜オ、ミウウ（おおきに、もも吉お母さん）」


うちの名前は、おジャコどす。

アメリカンショートヘアーの女の子や。

銀色の地に薄い黒のマーブル模様。鼻は小さくて薄いピンク、瞳《ひとみ》はまるでアーモンドのようにくりんとしてます。みんなが、

「可愛《か》いらしなぁ」

て、うちのためにお土産《みやげ》を持って来てくれます。それも、老舗《しにせ》の高級品ばかりや。そやから知らん間にグルメになってしもうた。

そん中でも、一番の好物は、「ちりめんじゃこ」どす。

うちの名前の「おジャコ」の由来《ゆらい》にもなってる京名物や。そやけど、お腹《なか》がいっぱいになるまでは食べさせてもらえまへん。もも吉お母さんに、

「ニィ〜ニィ〜（もっと、もっと食べたいよ〜）」

と、いくらお代わりをせがんでも、

「あきまへん！　ちびっとにしときなはれ」

と、聞いてくれしまへん。うちは、

「ミュウミュウ！（食べたい食べたい！）」

とふくれっ面《つら》します。そばにいた娘の美都子《みつこ》姉さんが見かねて、

「もう少し食べさせてあげたらええのに」

て頼んでくれましたんや。すると、もも吉お母さんがこう言わはったんや。

「あのな、美都子。『しらす』はカルシウムやらミネラルがぎょうさん入ってるさかいに、栄養摂《と》るには優《すぐ》れてる。そやけど、食べ過ぎるとどうなる思う？」

「あっ！　お母さん、わかった。結石《けっせき》ができてしまうんやね」

「そういうことや。塩分もぎょうさん入ってるしなあ。それになぁ、おジャコちゃんは『風神雷神《ふうじんらいじん》』も大好物やから、甘いもんの摂り過ぎも身体《からだ》にようない」

「風神雷神」いうんは、老舗和菓子店・風神堂さんの銘菓《めいか》。黒糖羊羹《こくとうようかん》を烏骨鶏《うこっけい》の卵をたっぷり練《ね》り込んだカステラ生地でサンドした逸品《いっぴん》なんどす。

「そやねぇ、おジャコちゃんには可哀《かわい》そうやけど仕方おへんなぁ」

うちには、どういうことかさっぱりわからへん。イケズしてるとしか思えへんか

ったんどす。そやから、毎日のように、

「ミャウ〜ミャアミャア（もっとほしいよぉ）」

て、おねだりしてました。ところが、ある日、事件が起きましたんや。もも吉庵に、名物の麩《ふ》もちぜんざいを食べに来てはった隠源《いんげん》さんが、急に、

「痛い痛い〜」

て、腰に手ぇ当てて唸《うな》りはった。隠源さんは建仁寺《けんにんじ》の塔頭《たっちゅう》・満福院《まんぷくいん》のご住職なんやけど、しばらくすると歯ぁ食いしばって、顔が真っ青になって、

「あかん、救急車呼んでくれ〜」

て、弱々しい声で訴えはったんどす。すぐに救急車を呼んで、もも吉お母さんの知り合いの、総合病院へ担《かつ》ぎ込まれました。レントゲン撮ったら原因が判明。尿《にょう》路《ろ》結石やったいうわけどした。

うちは隠源さんの七転八倒する苦しそうな顔を見て、結石の恐ろしさがようやくわかりました。そん時、隠源さんは他の検査もしはって、院長の高倉先生《たかくらセンセ》から、

「血糖値も高めやなぁ。甘いもんは控《ひか》えなはれ」

て注意されたそうなんや。

もも吉お母さんは、イケズやなかったんどす。そやから、うちも我慢我慢や。いつまでもこの美貌《びぼう》を保ちたいさかいになぁ。今日の小豆粥はうち用の特製。塩も砂

糖も入ってへんさかい安心や。小豆のふくよかな匂いが食欲をそそります。そやけど、どないな食べ物でも食べ過ぎは身体に悪いさかい、もも吉お母さんは、ちびっとだけくれはるんや。うちは、もう一度、たっぷりと甘えた声で鳴いたんや。

「ミャウ〜、ミャ〜オ（もも吉お母さん、おおきに）」

祇園甲部《ぎおんこうぶ》は、夜になると舞妓《まいこ》さん、芸妓《げいこ》さんがお座敷からお座敷へと行き交う花街《かがい》どす。

その南北を貫くメインストリート、花見小路《はなみこうじ》を左へ右へと曲がると、いっそう路地《ろうじ》が細うなります。観光客の姿もほとんど見掛けへん。まるで、「江戸時代にタイムスリップしたみたいや」て言わはる人もいてます。

その細い細い路地にあるんが「もも吉庵」や。

もも吉お母さんは十五で舞妓、二十歳で芸妓にならはった。そのあと、お母さんが急に亡くならはってお茶屋の女将《おかみ》を引き継ぎ、さらに今は、お茶屋を衣替えして甘味処をしてはります。ぜ〜んぶ、うちがこの家に来る、ず〜っと前のことどす。

店内は、L字のカウンターに背もたれのない丸椅子《いす》が六つだけ。カウンターの内側は畳敷きに拵《こしら》えてはります。女将であるもも吉お母さんが、畳に正座して出迎えた時、お客様と同じ目線の高さになるようにと設計したんやて。

ここはお茶屋と同じように「一見《いちげん》さんお断り」どす。花街の人たちがひそかに名物の「麩もちぜんざい」を食べに来はりますんや。

なんでやて……？

実は、「麩もちぜんざい」食べるいうんは口実。苦労人のもも吉お母さんに、人に言えぬ「悩み事」を聞いてもらうのが目的らしいんどすなぁ。

そんな悩み事があるんかどうかは知らへんけど、今日もカウンターには顔馴染《なじ》みの二組が座ってはります。一組は、吉田令奈《よしだれいな》ちゃんと本間巌夫《ほんまいわお》君のカップルや。令奈ちゃんは「京菓子司《きょうがしつかさ》　吉田甘夏堂《あまなつどう》」の娘さんで、もも吉お母さんのことを幼い頃から慕《しと》うてはる。もも吉お母さんが作らはる麩もちぜんざいの「あんこ」は、吉田甘夏堂さんから仕入れたもんや。巌夫君のお父さんは宮大工をしてはるそうやけど、家業を継ぐんかどうかは聞いてへん。大好きなラグビー部も引退して、今は来月の大学の二次試験に向けて勉強中。息抜きに寄ってくれはった。

もう一組は、京都タイムスで社会部の記者をしてはる大沼勇《おおぬまいさむ》さんと、その娘の小鈴《こすず》ちゃんや。小鈴ちゃんは、先天性の心臓の病気で、今まで二度も大きな手術を受けてはる。お母さんは、小鈴ちゃんを産んだ時に亡くならはったそうや。それでも勇さんは仕事で忙しい中、手塩にかけて育ててきはったて聞いてます。辛《つろ》うてくじけそうになった時、もも吉お母さんにずいぶん励ましてもろうたんやて。

もっとも、小鈴ちゃんは負けん気が強うて、弱音を吐かへん。誰にでも明るく振舞うさかい、どこへ行っても人気者や。いっとき、クラスでいじめに遭《お》うてたことがあったけど、お父さんには黙ってたらしい。心配かけとおないて思うたんやて。ほんま泣かせます。手術後のリハビリも順調で、今は毎日、元気に学校に通えるようにならはった。四月からはいよいよ中学生や。

　それでも勇さんは、小鈴ちゃんのことが心配で仕方がないらしい。

「小鈴、大丈夫か？　走ったらあかん、無理せんと」

「寒ないか？　風邪《かぜ》ひくとあかんさかいマフラー買《こ》うてきたでぇ」

と、その溺愛《できあい》ぶりは傍《はた》から見てもあきれるほどや。小鈴ちゃんは、

「パパはうちのこと心配するより、ええ記事書いてや。他の新聞社に出し抜かれんようお気張りやす」

と、勇さんのお尻を叩《たた》いてはる。勇さんは苦笑《にがわら》いしながら、

「近頃、小鈴の口のきき方が、ママにそっくりになってきました」

と、もも吉お母さんに言いながらも嬉《うれ》しそうどした。そやけど、今日はなんや小鈴ちゃんの様子が妙な気がします。もも吉お母さんも小鈴ちゃんのこと、ジーッと見つめてはる。うまく言えへんけど、悩み事を抱えているような気がするんやけど。

表の小路に面した戸が開く音がしたと思うと、
カランッ、カランッ！

と、飛び石に響く下駄《げた》の音が店の中まで届いてきました。上がり框《がまち》で下駄を脱ぐ音がして襖《ふすま》が開くと、いきなり、

「遅うなってかんにんや。あー、寒い寒い、すっかり凍《こご》えてしもうたわ」

と言い、さっきお話しした隠源さんが、にょっきり顔を出さはった。

「和尚《おしょう》さん、こんにちは。先に座らせていただいてます」

「こんにちは、隠源さん」

と、勇さんを始め、四人が会釈《えしゃく》をして挨拶《あいさつ》します。隠源さんは、一人ひとりに挨拶返しはってから、

「ええなぁ～若いお人らが集まるんは。いつもばあさんの顔ばかり見てるさかい、心が晴れやかになるわ」

と、わざとらしく憎まれ口を叩きます。

「なんやて、じいさん」

と、もも吉お母さんが眉間《みけん》に皺《しわ》を寄せて睨《にら》まはる。気にする素振《そぶ》りもなく、隠源さんは甘えるような声を出さはった。

「さあさあばあさん、早《は》よ麩もちぜんざい食べさせてーな」

「なに言うてますんや、じいさん。今日は、麩もちぜんざいはあらしまへん」

「な、なんやて？」

隠源さんのあとから、少し遅れて入って来はった隠善《いんぜん》さんが一言。

「おやじ、今日は小正月《こしょうがつ》やないか」

隠善さんは、隠源さんの息子さんで満福院の副住職や。

「え⁉　……ああ、そうやそうや。もう小正月かいな。日ぃが過ぎるんは早いなぁ」

そう答えて、チラリともも吉お母さんの脇で食事中のうちを見はった。

「それでおジャコちゃんは、小豆粥を食べさせてもろうてるんやな」

「ミャウ、ミャ〜ウウ（へえ、そうどす。美味しおすえ）」

京都では、一月十五日の小正月に、小豆粥を食べる習慣があるんどす。やわらこう茹《ゆ》でた小豆をお米と一緒に炊《た》いてお粥さんを作ります。そこには、お餅も入れたりしますが、もも吉お母さんはいつものぜんざい同様に麩もちを入れはります。

もも吉お母さんの着物は、綸子《りんず》で茶色の松の柄。龍村《たつむら》織の帯に白銀の帯締めをして、新春らしい華やかな佇《たたず》まいをしてはります。

「さあさあ、美都子も手伝《てつど》うてや」

「へえ、お母さん」

美都子さんは昼間はタクシードライバー、夜は芸妓と大忙しの暮らしをしてはる美人さんや。なんや知らんけど、今日は特別にきれいな気がするんは、うちの思い過ごしやろか。

ほどなくして、みんなの前に、小豆粥が並べられました。


「美味しいなあ」

「温まるわぁ」

と、みなさん幸せそうな顔にならはった。

小鈴ちゃんが、誰に尋《たず》ねるというわけでもなく呟《つぶや》かはった。

「なんで小正月はお粥に小豆を入れるんやろなぁ」

すると、さすが「あんこ屋」さんの娘らしく、令奈ちゃんが答えます。

「昔から赤には魔除《まよ》け、疫病除《えきびようよ》けの不思議な力があるて信じられてきたんよ。ほら、神社の建物や鳥居《とりい》が赤いのもそういう理由からなんや」

隠源さんが、付け加えます。

「還暦《かんれき》のお祝いに赤いちゃんちゃんこを贈るのも同じ理由や」

すると、小鈴ちゃんの眼がパッと輝きました。

「そうや！　不思議言うたら、運命の恋人同士の小指に結ばれている糸も赤色や。令奈お姉ちゃんと巌夫お兄ちゃんも赤い糸で結ばれてたんよね」

令奈ちゃんは、答えはる。

「そうや、うちと巌夫君は、赤い糸で結ばれてるんや」

令奈ちゃんが少しも照れずに言うと、巌夫君の方が純情なのか頰がポッと紅《あか》く染まります。

小鈴ちゃんが、令奈ちゃんと巌夫君を見つめて、

「ええなー、うちも早《はよ》う赤い糸で結ばれた人と結ばれたいなぁ」

と、いかにも羨《うらや》ましそうな表情をしはった。

すると、勇さんが、むせて口にしていたお茶を噴《ふ》き出さはった。

「な、な、な……何やて、小鈴。早う赤い糸の人と……コホン……結ばれたいやなんて。お前まだ、小学生やないか」

勇さんの心配をよそに、小鈴ちゃんが言い返します。

「パパこそ、何言《ゆ》うてるの。うち、もうすぐ中学生やで。それに、クラスには付き合《お》うてるカップルが何組もいるんよ」

「え⁉　……何やて」

勇さんは、さっきから「何やて」と驚いて眼を剝《む》きっぱなし。それを察して、令奈ちゃんが助け船を出さはった。

「小鈴ちゃんのお父さん、そないに心配せんでもええ思いますよ」

「で、でも……」

勇さんを安心させるように、令奈ちゃんが説明しはります。

「付き合ういうても、大人の恋愛の真似事《まねごと》みたいなもんです。お互いに『好きや』言うて、クラスのみんなに仲良しの二人やて認めてもらうくらいのことなんです」

「そ、そうかぁ。何やホッとしましたわ」

令奈ちゃんが小鈴ちゃんの方に向き直って、尋《たず》ねはった。

「ところで、小鈴ちゃんは、好きな男の子いてるん？」

「はい、いてます！」

「な、な、何やて!!」

今度こそ、勇さんは卒倒《そっとう》して椅子から転げ落ちそうにならはった。

「小鈴！　そないな話、パパは聞いたことないでぇ」

もも吉お母さんが、勇さんを窘《たしな》めるようにピシャリと言います。

「お父さんは少し黙ってなはれ！」

「そ、そやかて……」

勇さんは、もも吉お母さんのひと言でシュンとしたものの、不安げに小鈴ちゃんを見つめてます。今度は、巌夫君が尋ねはる。

「小鈴ちゃんの好きな男の子って、どないな子なん？」

「はい、涼馬《りょうま》君いうて、背ぇが低いけどバスケが得意で、相手選手の間をスイスイーッて縫《ぬ》ってゴール下まで行ってしまうくらい運動神経がええ子なんです。スリーポイントシュートもよう成功するし、カッコええんよ」

それを聞いて、巌夫君が笑みを浮かべはった。

「ええなあ〜そういう子。スポーツは身長が低いのはどうしても大きなハンデなんや。僕はずっとラグビーやってきたから、小柄で足が速《はよ》うて咄嗟《とっさ》の判断力のある選手を一番尊敬してるんや」

勇さんの方をチラリと見つつ、令奈ちゃんが尋ねます。

「どうなん、小鈴ちゃん。もう告白したん？」

またまた何か言いかけた勇さんを、もも吉お母さんがジロリと眼で制さはった。

ここまで朗《ほが》らかにおしゃべりしていた小鈴ちゃんの表情に急に影が差したように見えました。

「……ううん、なんも言えてへん」

令奈ちゃんは温かな目つきで、小鈴ちゃんに話します。

「あのな、小鈴ちゃん。これはもも吉お母さんの受け売りなんやけどな。縁《えん》いうもんは、自分で紡《つむ》ぐもんなんやて」

「自分で紡ぐ？」

「そうや、自分で紡ぐんや」

令奈ちゃんがもも吉お母さんの方を見ると、コクリと頷《うなず》かはった。令奈ちゃんは話を続ける。

「『赤い糸』で結ばれた男はんに限ったことやのうて、生きているうちに、人は大勢の人とご縁がある。まずは良いご縁に気付くこと。次に、そのご縁を丁寧《ていねい》に丁寧に紡ぐことが大切で、それで人生が変わるそうなんや」

「気付いて……紡ぐ？」

「うちは、もも吉お母さんからそう教えてもろうて、自分から厳夫君に声掛けたんや。『お茶飲みに行かへん？』て」

それに厳夫君が答えるようにして言わはる。

「実は、僕も前から令奈さんのことが好きやったんや。たまたま先に話し掛けられたけど、そうでなくてもきっと、僕の方からお茶に誘《さそ》てたわ。自分でどれだけ勇気を振り絞って、気持ちを伝えるかが大切やて思うんや」

うちは、ふと隠善さんが気になって視線を向けた。美都子さんの方を、ボーッと見つめてはる。美都子さんに「ほの字」やいうことは、ここにいるみんなが知ってはる。それやのに、勇気出して「好きや！」て、よう言わへんのや。

うちは令奈ちゃんと厳夫君の話を聞いて、きっと小鈴ちゃんは「明日にでも、涼馬君に『好きや！』て言うことにします」て言うと思うた。ところが、いつもハキハキしてはる小鈴ちゃんの表情が曇って、首を横に振り呟かはった。

「あかんのです」

「どないしたん？　小鈴ちゃん」

令奈ちゃんが瞳をのぞき込みます。

「涼馬君には彼女がいてたんです」

そうポツリと言う小鈴ちゃんに、令奈ちゃんが尋ねる。

「どないなことやの？　もしよかったら聞かせてくれるかな」

小鈴ちゃんは、小さく頷いて話し始めます。

「うち、病気で小さい頃から入退院を繰り返してて、小学校に上がってからも休みがちやったんです。それでも、なんとか学校の勉強に遅れんよう頑張ってました。落ちこぼれになったら、天国のママが悲しむ思うて……」

「小鈴、お前……」

勇さんは、眼を細めて小鈴ちゃんを見つめはった。

「せっかく学校へ続けて行けるようになった五年生の時に、二度目の手術をせなあかんようになって……。でも、その手術が怖《こわ》くて怖くて、たまらんようになったんです。そん時、涼馬君が小児病棟の病室までお見舞いに来てくれたんです」

「なかなかええ子やないの」

と美都子さんが微笑《ほほえ》まはった。

「八坂《やさか》神社さんの病気平癒《へいゆ》のためのお守りもろうて来てくれて、『また一緒に勉強しよな』て言うてくれて。えろう嬉しかった」

小鈴ちゃんが話を続けます。

「それがきっかけで、急に涼馬君のことが気になりだしたんです。だから、また学校行けるようになったら、『付き合《お》うてほしい』て言うつもりやったんです。そやけど……遅かった」

「遅かったて？」

「久し振りに登校したら涼馬君、花帆《かほ》ちゃんと付き合《お》うてたんです」

「え⁉　小鈴ちゃんが入院してる間に他の女の子と？　それは辛かったやろ」

令奈ちゃんが慰《なぐさ》めるように言うと、小鈴ちゃんがコクリと頷き、話を続けます。

「ところが、つい最近、涼馬君と花帆ちゃんがなんでもないことで気まずくなって、別れてしもうて……」

すると、ずっと余所事《よそごと》のように黙って聞いていた隠源さんが口をはさまはった。

「それって、チャンスなんやないんか？　小鈴ちゃん」

もも吉お母さんが眉をひそめて言わはります。

「何言うてますのや、じいさん」

「そやかて、昔からよう言うやないか。失恋のあと、やさしく慰めてくれる人がいてたりすると、相談に乗ってもろうているうちに、そん人と新しい恋が生まれるて」

隠善さんが、元気付けようと小鈴ちゃんに話しかけます。

「そういえば、僕の高校時代にも、似たようなことがあって付き合い始めたカップルがいたわ。同情が愛に変わるいうやつやね。おやじの言う通りや。小鈴ちゃん、今がチャンスやで。涼馬君にやさしゅうしてあげなはれ」

美都子さんが、ちょっと怖い顔をして言います。

「善坊《よしぼう》、なに言うてるんや。ほんま女の子の気持ちわかってへんなぁ」

「善坊言うんは止《や》めてて、言うてるやろ。僕の名は善男《よしお》や」

隠善さんの俗名は善男。隠善さんは、美都子さんよりも四つ年下やけど、幼馴染《おさなな》染《じ》みで幼い頃から「善坊」「美都子姉ちゃん」と呼び合う仲なんや。

「隠源さんも善坊も、ちょっと黙っててや。話がややこしなるさかい。ええか、いつもハキハキして明るい小鈴ちゃんが、好きな男の子に告白でけへんて言うてるんや。妙やなあ、て思わへんの？」

美都子さんがそう言うと、小鈴ちゃんの瞳が、スーッと曇った。もも吉お母さんが、聞かはった。

「小鈴ちゃん、他に訳があるんと違うん？　ひょっとして、なんや悩んでることがあるんと違いますか？」

少しうつむいていた小鈴ちゃんは、顔を上げると、

「聞いてもらってもええですか？　もも吉お母さん」

もも吉お母さんは、僅《わず》かに首を縦に振らはる。

「実は、涼馬君が付き合《お》うてた花帆ちゃんいうんは、うちの親友なんです。うち、病気でなかなか学校へ行かれへんかった。ようやく行けるようになっても、リハビリしながらやったさかい、体育の授業はいつも見学や。でも、普通に生活するにはぜんぜん問題あらへん。授業中も、よう手ぇ上げて先生に質問するし、掃除サボッて遊んでる男の子に注意して、言い合いになることもあります。そやから、男の子たちに『体育ずる休みしてるんやろ』て、嫌味《いやみ》言われてました。それだけやのうて、体育館シューズや蛍光《けいこう》ペンを隠されたり、ノートに落書きされたりして……いじめに遭《お》うてたことがあります。そんな時、いじわるする男の子に『病気の子いじめて何が楽しいんや。あんたら、恥ずかしないんか』て、めちゃくちゃ熱うなって怒ってくれたんが花帆ちゃんなんです。それがきっかけで、一緒に学校から帰るようになって、ときどき、花帆ちゃんちでゲームしたりして……」

令奈ちゃんが、

「親友なんやね」

と言うと、小鈴ちゃんは深く頷いて話を続けます。

「去年の十一月の涼馬君の誕生日に、クラスの佳恵《よしえ》ちゃんいう女の子が涼馬君にプレゼントをあげたんです。それも、クラスのみんなの前で。その子、涼馬君が花帆ちゃんと付き合《お》うてるの承知《しょうち》してて、気ぃ引こうとしたんです。ものすごく可愛《かわい》い子で、涼馬君、ニヤニヤしてプレゼント受け取ってしもうたんです。花帆ちゃんは焼きもち焼いて……涼馬君も、すぐに『なんでもあらへん』て謝ればええのに……なんや二人はぎこちのうなってしもうて、とうとう別れてしもうたんです」

隠源さんが、

「何やせつのうなるわ。そやけどわての子ども時分《じぶん》には考えられへん」

と言うと、隠善さんも、

「僕もや。そやけど小鈴ちゃん、それは辛いなぁ」

「はい……二人がケンカ別れみたいになってしもうたんは、見てるだけでしんどいし……そやけど、うちは涼馬君のこと好きやし……。隠源さんが言わはるように、うちの心の中にいる鬼みたいな子が、『今がチャンスやで』て言うてるんです。そいで、宿題のこと教えてもらうフリして話し掛けたり、涼馬君の通っている塾の帰り道に、偶然を装《よそお》って待ち伏せしたりして……そんな自分が嫌で嫌で仕方のうて。うちは、親友の花帆ちゃんのこと、裏切ったりはでけへん。だって、花帆ちゃんは今でも涼馬君のこと好きやって、よう知ってるから……」

「いじらしいなあ～」

と、隠源さんが腕組みをして言わはった。

次の瞬間、物静かに聞いていたもも吉お母さんの眼差《まなざ》しが一変します。一つ溜息《ためいき》をつき、裾《すそ》の乱れを整《ととの》えて座り直さはった。背筋がスーッと伸びます。帯から扇《おうぎ》を抜いたかと思うと、小膝《こひざ》をポンッと軽～く打たはった。それは、ほんのほんの小さな動作やったけど、まるで歌舞伎役者《かぶきやくしゃ》が見得《みえ》を切るように見えました。

「小鈴ちゃん、えらい！　感心しましたえ」

小鈴ちゃんが、もも吉お母さんの眼をまっすぐに見ます。

「もっと悩みなはれ」

と、もも吉お母さんが言わはると、勇さんが心配そうにして呟きます。

「そんな……悩めやなんて」

「ええか小鈴ちゃん、辛いやろうけど、それでええ。今のあんたのままでええ。恋も友情もどっちも大事や。傷ついたり、弱ったりした人の心の隙間《すきま》に入り込もういうような恋は、いっときうまくいっても結局は長続きはしまへん。こういう時、どっちか選べて言われても、選べるもんやない。悩んだらええ、ぎょうさん悩んだ人ほど、やさしゅうなれるんや。もっともっと悩みなはれ」

　そう言うと、もも吉お母さんは、瞳が紅くなっている小鈴ちゃんにハンカチを差し出しました。美都子さんが、ぽろりと溜息が零《こぼ》れるように呟かはる。

「辛いやろうなぁ」

　それを聞いた令奈ちゃんが、美都子さんに尋ねます。

「そういえば、美都子お姉さんも慕《しと》うてるお人がいてはるて聞きました。それも、ずいぶん長い間……」

「へえ、うちにも好きな男はんがいてます。そやけど、ずーっと忍ぶ恋や」

「忍ぶ恋」などと口にしながらも、表情がやけに明るい。うちは、思わず、

「ミャウ、ミャ〜ウ（なんか、ええことあったん？）」

と尋ねました。うちの言うことがわかったんか、もも吉お母さんが美都子さんを冷やかすように言わはった。

「実は、ええことがあったんや。なあ、美都子」

「いややわ〜お母さん」

　美都子さんが、まるで少女のように頬を紅《あか》らめます。もも吉お母さんが話を続けはる。

「藤田《ふじた》はんが、久し振りに祇園《ぎおん》に遊びに来はるそうなんや。そいで、お座敷に美都子を呼びたいて言わはって。それも、舞妓さんはいらへん。地方《じかた》のお姉さんと、美都子の二人だけでええ。美都子の舞が見たいいうご指名なんや」

隠源さんが囃《はや》すように言います。

「なんやなんや、美都子ちゃん。藤田はん、いよいよプロポーズしに来はるんか？」

すると、もも吉お母さんが、

「よけいなこと言わんでもよろし。じいさんは黙ってなはれ」

と睨まはった。そやけど、ずいぶん嬉しそうな顔をしてはる。

隠善さんはというと、「藤田」と聞いて、なにやらそわそわしてはる。それもそのはずや。隠善さんの恋仇《こいがたき》は、日本を代表する企業フジジャパンホールディングスの社長、藤田健《けん》さんや。どう考えても、かないっこあらへん。二人はもう十年以上も前から相思相愛《そうしそうあい》の仲や。たまたま理不尽《りふじん》な訳があって、思いがかなわぬままになってただけのことやと聞いてます。うちは、隠善さんには気の毒やと思うたけど、

「ニウニウ、ミァ～ウ（あかん、勝ち目はない。諦めなはれ）」

と鳴いた。

美都子は、ホテルの紹介でシニアのご夫婦から、冬の花巡りを仰《おお》せつかった。「花」といえば春から夏のものと思いがちだ。しかし、京都では存外、凍《い》てつく一月から二月の初めにかけて知る人ぞ知る「花の名所」の寺社が多い。

最初にご案内したのが、梅宮大社《うめのみやたいしゃ》の蠟梅《ろうばい》。その後、等持院《とうじいん》の椿《つばき》と法然院《ほうねんいん》の千両《せんりょう》を愛《め》でにお連れした。哲学の道のカフェでお客様がお茶を飲んでおられる間、美都子は車の中で待機し、つらつらと思いを馳《は》せた。

想い人が来る。

祇園のお座敷にやって来る。

それも、美都子の舞を見たいと言ってくれているという。

ずっとずっと心の底に秘めていた。かなわぬものと諦めていた。その恋が、ふたたび動き出した。それも突然に……十余年の歳月を経て。

美都子は、夢ではないかと頰《ほ》っぺたを自分で何度もつねった。そのたびに、痛みよりも喜びでにやけてしまう。夕べなどは思わず、着物姿のままで祇園の小路でスキップをしてしまい、「誰かに見られたのでは？」とハッとして辺《あた》りを見回したほどだ。

想い人の名は、藤田健。

フジジャパングループを率《ひき》いる社長である。

昭和から平成を駆《か》け抜けるがごとく現れた立志伝《りっしでん》中の起業家だ。

その出逢《であ》いは、まだ美都子がタクシーの仕事に就《つ》く前、「もも也《や》」の名前で芸妓として祇園甲部で№1の人気を博していた頃のことだ。藤田はその日、接待を受けるため、生まれて初めて花街に足を踏み入れたという。趣味も遊興《ゆうきょう》も遠ざけて、脇目もふらずに仕事人生を邁進《まいしん》してきたからだった。

その席で、美都子は、藤田に見初《みそ》められた。

その後、一人でお茶屋に訪れた藤田から、何度もお座敷に声が掛かった。美都子はというと、藤田に特別な思いを抱くことはなかった。大切なお客様の一人である。

藤田は、いつも花束を持参。

そして、貴金属の贈り物の嵐。

むろんそれが、熱い気持ちの現れであることは伝わってきた。しかし美都子は、それを好ましくは思わなかった。世の中、お金さえあればなんでも手に入ると考えている人だと思ったからだ。

仲間の芸妓の中には、「気のあるフリ」をして次々とブランド物のバッグや宝石をねだる者もいる。でも、美都子は、それを良しとはしなかった。そこで、当時、まだお茶屋の女将だったもも吉を通して、「やんわり」と藤田のお座敷を断ることにしたのだ。

にもかかわらず……何度も何度もお座敷に声が掛かる。それを「風邪《かぜ》をひいて」などと、方便《ほうべん》を思案してもらっては断り続けた。

諦めてくれると思いきや、なんと二年、三年と、断っても断っても「もも也さんをお願いします」と懇願《こんがん》されたのである。

これには正直、さすがの美都子も「会《お》うてあげな可哀《かわい》そうや」などと思うようになった。久方《ひさかた》ぶりにお座敷で顔を合わせるなり藤田は、

「ようやく会えましたね」

と、実に無邪気《むじゃき》に喜んでくれた。

誰もが知る大企業の社長にもかかわらず、自慢話も仕事の話も一切しない。かといって、手を握《にぎ》るわけでも、褒《ほ》めそやすわけでもない。ただ、美都子を見つめて、

「君が好きです」

と愚直《ぐちょく》に言う。遊び慣れてのセリフではない。遊びを知らない、純真無垢《じゅんしんむく》な男はんの言葉だと受け取った。聞けば、仕事一筋で突っ走ってきたので恋をする余裕

もなく、結婚をしたことがないという。

「君が好きです」

「一緒になってください」

美都子はそれまで、大勢の男性に言い寄られたが、これほどまでに、まっすぐな気持ちをぶつけられたことはなかった。藤田は、美都子より二十近くも年上にもかかわらず、不思議なことに年下のように思えて仕方がなかった。

美都子はお座敷を重ねるうち、いつしか藤田に魅《ひ》かれていった。やがてそれが「恋心」へと変わった頃、はたと気付いた。藤田の瞳が、まるで「少年」のようであることに。美都子は、その純真な瞳に囚《とら》われの身となったのだ。


美都子は、藤田は極貧《ごくひん》の生まれだと聞いていた。

中学を卒業するとトラックで家々を回って不用品を集める仕事の手伝いをした。汚れ作業など仲間の嫌がる仕事を率先して行い、コツコツお金を稼《かせ》いで貯《たくわ》えた。それを元手にして、運転免許を取って中古の軽トラを買い運送業を始める。やがて人を雇い会社を大きくして、倉庫、不動産や金融業にも進出する。

そのあとは、買収に次ぐ買収で一大企業グループを作った。しかし金の亡者《もうじゃ》ではなかった。あくまでも、向こうから「お願いします、助けてください」と頼まれた場合にだけ、手を差し伸べた。

美都子が藤田を意識し始めると、自然に新聞や雑誌で藤田の名前が目に留まるようになる。そこで初めて、藤田の築いたフジジャパングループのことを知った。

日本では稀《まれ》に見る社会活動に熱心な企業だという。学校へ行けない子どもたちのために、各地にフリースクールを設立する。そこで働くのは、障がい者やシングルマザー、あるいは定年退職したシニアだ。また、難病にかかった子どもたちのために、学校を併設した専門病院まで造ってしまったという。

美都子は、己のためではなく、人のために働く藤田の「生きざま」が好きになった。あの「純真な瞳」の訳は、ここにあったのだと知る。藤田がもっと仕事に打ち込めるように、芸妓を辞《や》めて陰から支えてあげたいと思うまでになった。

そんな藤田に、ある時、京都の総合病院の再建話が持ち込まれた。先代の院長の放漫《ほうまん》経営が原因で、倒産の危機にあるという。幸いなことに、跡継ぎの息子は真面目《まじめ》な人柄で医師としての腕も一流だった。そこで息子が院長に、藤田が理事長に就任し立て直すことになった。またたく間に黒字化させ、地域の信頼も回復できた矢先に事件が起きた。それは、美都子が、

「私も藤田はんのことが好きどす」

と、伝えようと決意した夜の出来事だった。

深夜、総合病院に救急車で患者が運ばれてきた。小学校に上がったばかりの男の子だ。夜中に目を覚ましてお腹が痛いと言って泣き出した。看護師が子どもに尋ねると、昼間、友達と遊んでいてジャングルジムから落ちたと言う。叱られるのが嫌で、両親には黙っていたらしい。動脈が傷付いていて内臓に出血が認められた。

男の子にとって、不運が重なった。

その夜、四条烏丸《しじょうからすま》のマンションで火災が起きた。消防車が何台も駆け付け、大勢の負傷者が市内各所の病院に救急搬送されていた。少年を乗せた救急車を受け入れてくれる病院がなかなか見つからない中、総合病院だけが「うちへ来てください」と応じたという。

ところが、手術を担当する予定の外科医が急に高熱を発症。検査すると、インフルエンザ陽性と判明した。そんな身体で手術に臨むわけにはいかない。

総合病院の事務方の人たちは、市内の病院へ電話をかけ続けて緊急手術を依頼するも、引き受けてくれる病院は見つからなかった。

無念にも……男の子は天国に召された。

父親は狂ったように泣き叫んだ。

マスコミは、医療放棄《ほうき》ではないかと騒ぎ立てた。

美都子は、心配で心配でたまらず、総合病院の理事長室を訪ねた。

美都子がドアを開けると、机に突っ伏していた顔を上げて微笑んでくれた。それが作り笑いだと察せられた。髭《ひげ》も剃《そ》らず、瞳は充血して真っ赤。もう何日も眠っていないことがわかった。

掛ける言葉が見つからない。

「私が間違っていました」

「え？　……でも病院に過失はないて……送検もされへんて」

「そうではないんです。法律の上でも、スタッフの対応にも過《あやま》ちはなかった。でも、経営を立て直すために、リストラして医師の数をギリギリにしていたのは事実なのですよ。もう一人……もしも、もう一人余分に外科医の当直《とうちょく》を増やしていたら、男の子は助かっていたかもしれません」

藤田の頬に涙が伝った。

美都子は動けなくなり、ハンカチを差し出すことさえできなかった。

（うち、どないしてあげたらええの。なんもでけへん。なんもしてあげられへん。こないに好きなお人のために、なんも、なんも、なんも……）

その後、藤田が、フジジャパングループのすべての社長を退任したことを新聞の一面記事で知る。それから数日後、隠源和尚に、満福院へ呼ばれた。

「よう聞いてや、美都子ちゃん。藤田はんはなぁ、頭まるめて出家しはった」

「え⁉　出家……」

「そうや、雲水《うんすい》にならはった」

雲水とは、雲や水が定めなく流れゆくが如《ごと》くに諸国を巡《めぐ》る修行僧のことだ。

「雲水て……なんで？」

「子どもの命を救えへんかったことの懺《さん》悔《げ》と功徳《くどく》のためやそうや」

「そんな……」

「藤田健という名前を捨てて、『隠徳《いんとく》』にならはった」

いつも朗《ほが》らかな笑顔の隠源だが、その真剣な眼差《まなざ》しに美都子は何も問い返すことができなかった。

「藤田はんはどこにいてはるん？」

「さあ～わてもわからへん。比叡《ひえい》か越前《えちぜん》か、戸《と》隠《がくし》の山に籠《こ》もって滝に打たれてるかもしれん。美都子ちゃんに、隠徳から手紙を預《あず》かってる」

そう言い、一通の封筒を渡された。

恐る恐る開封すると、満福院の名の入った和紙用箋《ようせん》が一枚出てきた。

> 僕は、もも也さんのことを本当に愛していました。でも、ご返事をいただく

前に、このようなことになってしまいました。きっと戸惑《とまど》い、悩ませてしまったことでしょう。心よりお詫《わ》びいたします。僕の片思いだった、ということにしてください。いつまでもお元気で。さようなら。

美都子は、その場に泣き崩れた。

あれから十余年が経った。
その間、隠徳は祇園祭の時期になると、山から下りて京都の街に戻ってきた。京都市内の病院の小児病棟に入院する子どもたちにお菓子やおもちゃをプレゼントするためだ。

びょういんのこどもたちへ
げんきになってください。

と一言だけ走り書きのメモと、院長宛ての寄付金を添えた段ボール箱を、真夜中に病院の入口にこっそりと置いていく。送り主の正体を知られないようにして。世間の人々は、その善行を「祇園祭のサンタさん」と呼んでいた。

そして、もも吉と隠源に挨拶するため、七夕《たなばた》の日にもも吉庵にやって来る。もも吉も隠源も、美都子に気を利《き》かし、二人きりになれる時間を設《もう》けてくれた。カウンターの丸椅子に座る。

しかし、隣り合わせではない。

L字型のカウンターの端《はし》と端の席である。本当は、もっともっと近づきたい。でも、隠徳は俗世間の人ではない。仏門の修行に入った遠い遠い世界の人なのだ。美都子は、一つでも席を近づけたら、平静な心を保つ自信がなかった。

毎年、毎年、数少ない会話を交わす。

「お身体《からだ》、大丈夫ですか？」

隠徳は、美都子の瞳から、僅《わず》かに視線をそらして答える。

「しんどくないと言えば、嘘《うそ》になります。自らしんどい道を選んだわけですから」

「どうか、ご無理はなされませんように」

「ありがとうございます」

大柄な体つきは、年々、細く小さくなっているような気がした。その代わり、陽に灼《や》けて真っ黒で、研《と》ぎ澄まされたような凛々《りり》しさを感じた。

美都子は何度も、隠徳に飛びつきたい衝動《しょうどう》にかられた。もちろん、かなうはずもない。思慕《しぼ》を心の奥底に仕舞《しま》い込み、抑え込んで、ただ隠徳を見つめる。仮に、

「好きなんどす」

などと、気持ちを伝えられたとしても、隠徳を苦しめるだけだと承知《しょうち》している。

美都子は、隠徳とただ「そこに共に居る」というだけの沈黙の時を過ごした。

そんなもも吉庵での逢瀬《おうせ》を繰り返し、歳月が流れた。

「諦めなあかん」

美都子は、そう自分に言い聞かせ続けた。

美都子は、自分の父親を知らないで育った。藤田とは二十近くも離れている。だから、「父親と重ね合わせて慕《した》っているだけなのだ」と、思い込もうとしたこともある。だが、それには無理があった。まっすぐな気性《きしょう》の美都子にとって、自分の心をごまかしたり、すり替えたりするのは苦手《にがて》なのだ。それでも、ようやく、

「断ち切ろう。前に進まなあかん」

と、思った昨年の初秋のことだった。

美都子も、もも吉も、そして隠源を初めとして、誰もが思いもしなかった事が起こった。隠徳が還俗《げんぞく》して、元の藤田健に戻り、フジジャパンホールディングスの社長に再就任《しゅうにん》したのだ。

子どもを亡くして、藤田に復讐《ふくしゅう》を企《たくら》んでいた子どもの父親と、もも吉庵で和解を果たした。子どもの命は還《かえ》らないが、父親の恨《うら》みが失《う》せたことで、雲水としての

懺悔と供養《くよう》の修行を終えることができたのである。

ちょうど、時を同じくして、藤田の創業したフジジャパンホールディングスが、外資系ファンドの乗っ取り工作に遭い、株主や社員たちは不安に駆られて大騒ぎしているという。そこで、藤田が社長に返り咲きＴＯＢ（株式の公開買い付け）に対抗することになった。十年余のブランクが空いているというのにもかかわらず、「藤田健」という存在は大株主たちには絶大な信用があり、ほどなく企《たくら》みを撃退《げきたい》した。

その後も、藤田は、乱高下した株価を安定させるため、盤石《ばんじゃく》な経営を目指して仕事に打ち込んでいると聞いている。それは、否応《いやおう》なく、テレビや新聞、ネットから美都子の目にも触れていた。と同時に、美都子の胸が再び騒ぎ出した。

「諦めよう」と、強く強く抑え込んでいた「忍ぶ思い」が、息を吹き返してきたのだ。美都子は祈るようにして信じた。

「きっと、藤田はんから連絡がある」

と。こちらから電話をするわけにも、手紙を書くわけにもいかない。相手は大企業の社長だ。八面六臂《はちめんろっぴ》の活躍で走り回っている藤田に、声など掛けようもない。

それが……それが……。

まさか……まさか……。

美都子の舞を見たくて、お座敷に呼びたいというのだ。

普通、お茶屋で遊ぶ場合には、舞妓と芸妓、それに地方《じかた》という三人一組で呼ばれるものだ。地方とは、三味線や唄《うた》を担当する芸妓のことだ。舞妓は花街の華である。まだ修業中の身でお客様との会話はおぼつかないものの、その着物の艶《あで》やかさ華やかさからも「お座敷」を明るくするには欠かせない。

ところが藤田は、美都子の舞を見たいと言う。

美都子は、弾《はず》む心を抑えることができず、タクシーのお客様からさえも、

「運転手さん、何かいいことがおありですか？」

と訊《き》かれてしまった。よほど喜びが顔に出ていたに違いない。思わず、

「はい」

と答えてしまった。

隠善は、後悔《こうかい》していた。

何度も何度も、美都子に気持ちを打ち明けるチャンスはあったのだ。

「好きや、好きや、好きなんや。僕と付き合《お》うてほしい」

ただ、それだけのことが口にできない。

ある日、もも吉庵のカウンターで、美都子と二人きりになったことがあった。隠善は姿勢を正し、清水《きよみず》の舞台から飛び降りる覚悟で、

「美都子姉ちゃん、話があるんや。真面目《まじめ》な話なんや」

と言った。ただ、それだけで、心臓が破裂《はれつ》しそうだった。こちらの気持ちを知ってか知らずか、美都子は、

「なんやの善坊、真面目な顔して。いややわぁ」

と、声を上げて笑い出した。隠善はついつい、その言葉に反応して言い返してしまった。

「善坊は止めて言うてるやろ。僕の名前は善男や。法名《ほうみょう》なら隠善や」

「かんにん、かんにん、あんたやって、うちのこと、美都子姉ちゃんて呼んでるやないの」

「う、うん……そうやけど」

人が意を決し、真面目に告白しようと思ってるのに……。

隠善は、美都子よりも四つ年下。幼い頃は、その四つがずいぶん大きなものに感じられた。隠善は幼稚園から小学校の低学年の時分には、よくいじめられて泣いていた。それを、美都子がかばって、ヤンチャな連中を反対にけちらしてくれた。そ

のため、いつも慕って「美都子姉ちゃ〜ん待ってぇなぁ」と、後ろからくっついて歩いていたものだ。

今でもお互いに、幼馴染み時分の癖が抜けきらないのだ。

隠善は、今、絶望の淵《ふち》に立たされていた。

かなうはずがないのだ。

恋のライバルは、藤田健。一代で巨大企業グループを育て上げた、誰もが知る偉大な経営者である。自分の如《ごと》き、一介《いっかい》の坊主が太刀《たち》打ちできるはずもない。もっとも、自分の方だけがライバルだと思い込んでいるだけで、肝心《かんじん》な美都子の心は完全に藤田の方に向いていることが、さらに胸を悶《もだ》えさせるのだった。

思い返せば、数年前。隠善が雲水の修行から満福院に戻り、副住職に就《つ》いた時のことだ。大好きだった美都子が、まだ独り身でいることを知り、嬉しくて仕方がなかった。ひょっとしたら、自分にも可能性があるのではないかと思ったのだ。気の弱い性格が問題なのだと、自分でもよくわかっていた。それでも、もも吉庵に行けば美都子に会える。街でばったり会うことも多い。だから、その気になればいつでも気持ちを打ち明けることができると、日延《ひの》べ日延べしてしまったのである。

藤田社長のこともしかり。

雲水になって、山野を駆け巡る暮らしをしていた。ただの寺の坊主ではない。世を捨てた修行僧なのだ。それは、恋をするとかしないとかの範疇《はんちゅう》ではない。美都子がいくら藤田のことを恋焦《こ》がれても、手の届かない「壁」の向こうの人であることを意味している。だから、安心もしていた。

その藤田が年に一度だけ、京都の街へと帰って来た。自らの正体を隠して、市内の病院の小児病棟の子どもたちにお菓子やおもちゃをプレゼントするためだ。

祇園祭が近づいてくると、美都子が急にソワソワしだす。最初の頃はてっきり、祇園祭が楽しみだからだと思っていた。しかし、それは違った。七夕の宵《よい》に、もも吉庵で藤田に会えるのを楽しみにしていたからだった。

その日は、二人が席につくとすぐ吉と父親の隠源は、ごく自然にいつの間にか席をはずす。隠善も、隠源に引っ張られるようにして寺へ帰らされた。美都子と藤田が二人きりになるための気遣《きづか》いだと、後になって知ったのである。

一年に一度だけの逢瀬《おうせ》、二人はどんな話をしているのか。「あかん、あかん」と思いつつも、己《おのれ》の心を制することができず、嫉妬《しっと》してしまう。

まだまだ修行が足りない。自分は煩悩《ぼんのう》の塊《かたまり》なのだと、恥ずかしくなるばかりだ。それでも、二人が決して結ばれることはないとわかっていたからこそ、耐えることができたのだ。

それがまさか、まさか……またも思いもせぬ事が起きた。

藤田が還俗して、社長に戻ったのだ。

その話を聞いた時、隠善は嫌な予感がした。二人の恋が、再び動き出すのではないかと。

つい先日、もも吉庵で、小豆粥をいただいた時のことだ。もも吉お母さんが、美都子に、

「実は、ええことがあったんや。なあ、美都子」

と言うと、「いややわ～お母さん」と、まるで少女のように頰を紅《あか》く染めた。藤田社長から連絡があり、近く祇園のお茶屋を訪《おとず》れるので、美都子の舞が見たいと言っているというのだ。

こんなことになる前に、なぜ自分は、本気を出して美都子に気持ちを伝えなかったのか。悔《く》やまれてならないのである。

隠善は、檀家《だんか》への挨拶の帰り、ふらりともも吉庵を訪れた。

いつもは隠源と一緒だが、今日は一人だ。

「もも吉お母さん、こんにちは」

「なんやの今日は」

「う、うん……急にお母さんの麩もちぜんざいが食べとうなって……」

「かんにんどす。ちょうど『あんこ』切らしたところなんや」

「そうですか……」

隠善は、思い切って尋ねた。

「あのう……藤田社長はんは、いつ来られるんでしょう」

もも吉は、一瞬、怪訝《けげん》な顔つきをしたものの、

「それがあのあと、連絡があらしまへんのや」

と、いかにも残念そうに言う。

「そ、そうですか」

「隠善さん、なんや藤田はんに用がおありでっしゃろか」

「い、いえ別に。ちょっと訊いてみただけです、また伺《うかが》います」

「へえ、おおきに」

隠善は、肩を落として満福院へと戻った。邪念《じゃねん》を打ち払おうと、ぶつぶつと観音《かんのん》経《きょう》を唱《とな》えた。山門《さんもん》を通り抜けると、寒椿《かんつばき》の花が足元にポトリと落ちてきた。心のもやもやがさらに膨《ふく》らんだ。

美都子は、少しばかり気落ちしていた。お茶屋「里中《さとなか》」のお母さんから、

「藤田はんから電話がありましたえ。もも也さんの舞が見たいそうや」

と、話があったのは一月十日の初えびすのこと。ところがその後、梨の礫《つぶて》なのだ。

そんな美都子の気持ちを察し、一月の終わり頃、「里中」のお母さんが教えてくれた。

「美都子ちゃんもテレビのニュースで知ってるやろ。寒波で東北地方に雪がぎょうさん降って、あちらこちらでトラックが立ち往生《おうじょう》したん。藤田はんの会社の中核は運送業やさかいに、たいへんなことになってるらしいんや」

美都子は、なるほどと思った。

そんな事態の最中《さなか》に、祇園のお茶屋で遊んでいるわけにはいかない。

「楽しみはあとの方がええ」と思うことにした。しかし、待って待って待ち焦がれるうち、北野天満宮《きたのてんまんぐう》の梅花祭《ばいかさい》が過ぎ、さらに明日はもう雛《ひな》祭りである。気付くと美都子は、楽しみが苛立《いらだ》ちに変わり始めていた。

「もう話は無《の》うなってしもうたんかもしれへん」と考えると、鬱々《うつうつ》してくる。朝も

なかなか布団《ふとん》から出られない。しかし、今日は大切なお客様をご案内する仕事がある。「エイッ！」と声を出して跳《は》ね起きた。

今日は千葉からのお客様で、五十代の女性二人だ。水彩画教室で出逢った友達だという。「梅をスケッチしたい」というので、下鴨《しもがも》神社へご案内した。

「うわ～きれい」

「ほんと！　まるで一幅の画《え》のようね」

楼門《ろうもん》をくぐると、御手洗川《みたらしがわ》にかかる朱塗《しゅぬ》りの「輪橋《そりはし》」のたもとに一本の紅梅《こうばい》が咲いている。「光琳《こうりん》の梅」と呼ばれ、尾形《おがた》光琳が国宝「紅白梅図屏風《こうはくばいずびょうぶ》」のモチーフにしたという言い伝えがある梅だ。橋の欄干《らんかん》の朱色とあいまって溜息《ためいき》が出るほど艶《あで》やかだ。

お客様がスケッチをしている間、美都子は駐車場で待機することになった。ポカポカ陽気《ようき》。車の窓を開けたとたんに、スマホが鳴った。「里中」のお母さんからだ。息弾《はず》む声が聞こえてきた。

「美都子はん、藤田社長はんが来はる日ぃ決まりましたえ、今度の土曜日や」

「えっ！　おおきにおおきに、お母さん」

美都子は、藤田の顔を思い浮かべ、今にも踊り出したい気持ちを抑えた。

夕暮れ時。

隠善は、もう三十分もお茶屋「里中」の前を、行ったり来たりしていた。今夕、美都子が藤田社長のお座敷に呼ばれたと耳にしたからだ。

「あっ」

小路を曲がってこちらへ歩いてくる美都子、いや、今は美都子ではなく、芸妓姿の「もも也」だ。隠善は、懸命《けんめい》に胸の高鳴りを抑えて言った。

「美都子姉ちゃん、こんばんは」

「あら、善坊、こんばんは」

「今から、お座敷か？」

「なに言うてるんや、この格好《かっこう》してジョギングの途中に見えるか？」

「そ、そうやな……お気張《きば》りやす」

「おおきに」

そう言うと、「里中」の玄関の戸を開け、入って行ってしまった。

（あかん、あかんでぇ。僕は何してるんや）

「はぁ～」と、弱々しく溜息をついた。うっすらと紅の残る群青《ぐんじょう》色の空を見上げると、一羽の白鷺《しらさぎ》が羽を広げて飛び去って行った。

美都子は今日、念入りに白塗《しろぬ》りした。男衆《おとこし》さんに、帯もきつめに締《し》めてもらった。舞には自信がある。なのに、藤田の前で久方ぶりに舞うとなると、さすがに緊張している。手が微《かす》かに震えているのがわかった。

「大丈夫や、いつも通りや、いつも通り」

そう自分に言い聞かせて、家を出た。「里中」は目と鼻の先だ。

「美都子姉ちゃん、こんばんは」

「あら、善坊、こんばんは」

突然に、隠善が現れて驚いてしまった。今頃は、夕餉《ゆうげ》の支度《したく》の時間のはずなのに。食事を作ることも修行の一つ。修行僧たちに、その指導をしていると聞いていた。

「今から、お座敷か？」

美都子には、隠善の胸のうちが痛いほどわかった。焼きもちを焼いてくれているのだ。隠善が自分のことを慕《した》ってくれていることは知っている。それどころか一緒にいると、何もしゃべらなくても「好きや」という声が聞こえてきそうなのだ。

「なに言うてるんや、この格好してジョギングの途中に見えるか？」

「そ、そうやな……お気張りやす」

ほんのちょっとでも、心に隙《すき》を見せたら、告白されてしまうに違いない。

美都子の方はと言えば……。隠善は四つ年下。子どもの頃から世話を焼いて弟のように接してきた。たしかに、このところ「なかなかやるやないか」「ええ男はんにならはったなあ」と思うことはある。

もし自分が、お寺の住職の奥さんになったら……。そんなことを一瞬、頭に浮かべたこともあった。だが、やはり自分が慕うのは、藤田なのだ。

（かんにんえ、善坊……）

そう心の中で呟いて、「里中」の玄関の戸を開けた。

隠善は、夕餉のあと、修行僧たちに片付けを任せて本堂へ行った。ご本尊《ほんぞん》の前に座り、般若心経《はんにゃしんぎょう》を唱《とな》えた。般若心経には、「空《くう》」と「無」という言葉が何度も出てくる。隠善は、それを「心の迷い」や「こだわり」を捨てることだと解釈している。

「摩訶般若波羅蜜多心経《まかはんにゃはらみったしんぎょう》～観自在菩薩《かんじざいぼさつ》行深《ぎょうじん》般若波羅蜜多時《はんにゃはらみったじ》……色不異空《しきふいくう》、空不異《くうふい》色《しき》、色即是空《しきそくぜくう》、空即是色《くうそくぜしき》……」

「何してんのや、お前」

隠源が読経《どきよう》を聞きつけてやって来た。

「早よ風呂入らんと冷めてまうで」

隠善は、隠源をちらりとも見ず経を唱えた。

「どないしたんや」

「是諸法空相《ぜしよほうくうそう》、不生不滅《ふしようふめつ》……ほっといてや……不垢不浄《ふくふじよう》、不増不減《ふぞうふげん》」

「まあ、ええ。好きにせい」

隠善は、木魚《もくぎよ》を叩《たた》きながら深夜まで繰り返し経を唱え続けた。


美都子は、「里中」のお座敷の襖《ふすま》を開けて、畳に手をついてお辞儀《じぎ》をする。顔を上げて、ハッと息を呑んでしまった。てっきり、お客様は藤田一人だと思い込んでいたからだ。上座《かみざ》に二人、共に恰幅《かつぷく》のいいスーツ姿の男性が座っている。藤田は下《しも》座《ざ》だ。

「もも也さん、舞を見せていただけますか。今日は大切なお客様に一番のおもてなしをしたくて、ここにお連れしたんです」

「へえ」

お客様の一人が言う。

「藤田社長が、まさか祇園のお馴染みさんとは存じ上げませんでした。それに、こんな美しい芸妓さんをご贔屓《ひいき》にしておられるとは」

　すると、もう一人のお客様が、

「隅《すみ》に置けませんですなぁ」

　と、藤田を冷やかすように言った。

「いえいえ、はるか昔、お世話になった芸妓さんです。それだけですよ。でも、本当に舞が素晴らしいので、ぜひお二人に見ていただきたくて」

「ほほう」

「それは楽しみです」

　藤田が、美都子と地方のお姉さんを、代わる代わる見て言う。

「お座敷は初めてだそうなので、やはり『祇園小唄《こうた》』をお願いできますか」

「へえ、かしこまりました」

♪テン、テン、テン、トン、ツツツツットントゥン……

〽月はおぼろに東山《ひがしやま》
霞《かす》む夜毎《ごと》のかがり火に
夢もいざよう紅《べに》ざくら

美都子は、これほどまでに緊張したことがなかった。

手が震えた。身体がこわばって思うように動かない。今までで、記憶にないほど不出来《ふでき》で冷《ひ》や汗《あせ》をかいてしまった。それでも、藤田を始め、お客様は拍手《はくしゅ》をしてくださった。申し訳ない気持ちでいっぱいだ。舞を終えると、お客様から名刺《めいし》を賜《たまわ》った。誰もが知る会社の社長さんだった。

「大切な話があるので、もう下がってもいいですよ」

「え？」

藤田の言葉に、思わずキョトンとしてしまった。あれほど藤田のお座敷を楽しみにしてきたというのに。それがまさか、舞を一つきり見せただけで……。動揺しつつも、気を取り直し、

「へえ、失礼いたします」

と、お座敷を辞した。

階段を降りようとして、踏みはずしそうになる。

「危ない！」

地方のお姉さんに支《ささ》えてもらい、事なきを得た。

「大丈夫どすか？　もも也さん。顔色がようないで」

「へえ、大丈夫どす」

（うちの勝手な思い込みやった。一度は諦めたお人や。しっかりしなはれ！　美都子!!）

そう自分に言い聞かせて帳場《ちょうば》に行こうとすると、「里中」のお母さんがやって来て、廊下《ろうか》で耳打ちされた。

「藤田社長はん、ご接待《せったい》が終わったらもも吉庵に行くさかい待っといてや、て言うてはった。大切な話があるて」

「え⁉」

「里中」のお母さんは、そう言い、ウインクをした。美都子は、心が上がったり下がったりして、まるでジェットコースターに乗っているような気分になった。

美都子は、表に出るなり軽やかに下駄《げた》を鳴らし、もも吉庵へ向かった。


隠善はその晩、一睡もすることができなかった。

「里中」で、美都子と藤田はいったいどんなことを話したのだろう。そう思うと、胸が苦しくて息さえもできなくなった。

朝の勤行《ごんぎょう》がちょうど終わった時、思わぬ来客があった。藤田である。取り次いだ修行僧の話によれば、雲水として修行を受け入れてくれたことへのお礼に伺ったとのことだった。隠源と藤田は、座敷に入りずいぶん長く話をしている。気にはなるが、襖に聞き耳を立てるわけにもいかない。

しばらくして、襖が開いた。藤田は、隠善の顔を見るなり、

「少し、二人きりでお話ができませんでしょうか」

と言った。隠善は黙って頷き、庭に面した縁側へと誘った。もう終わりかけの椿が、苔《こけ》の上に点々と落ちている。そこへ、セキレイが一羽やって来て、尾をヒョコヒョコと動かしながら、遊ぶようにして歩き始めた。

二人は、庭に向かって並んで座った。隠善は、とても藤田の顔をまともに見ることができなかったので、あえてそう仕向けたのだった。少しばかりの沈黙のあと、藤田が悲しげな瞳でぽつりと呟いた。眼を合わせることなく、視線は庭に向いたまま。

「隠善さん、美都子さんのこと気に掛けてやってもらえますか」

「え?」

「幼馴染みだそうですね。弟のような人だと美都子さんから聞いてます」

隠善が、藤田の顔を見ると、その瞳から涙がこぼれ落ちていた。

恋に縁遠《えんどお》く、鈍感《どんかん》な人間だとわかっているが、夕べ二人の間に何があったのかを

感じ取ることができた。

「私はもう二度と、この街に足を向けることはないと思います。隠善さん、美都子さんのこと、よろしくお願いします」

隠善は、すぐに答えることができないまま、藤田の瞳を見つめた。


美都子は、もも吉庵で藤田が来るのを待った。思うよりも早く、接待が終わったらしく、夜が更《ふ》けきらぬうちに現れた。もも吉が、言う。

「うちは席、はずしまひょか？」

「いいえ、一緒に話を聞いていただけますか」

藤田の一言で、美都子は心に靄《もや》がかかるのを感じた。

「私の勘違いだったら謝ります。もう十年以上も前の事ですが、私の気持ちは、美都子さんに届いているものと信じていました。ところが、あんな事があって、ご返事をいただく前に今日になってしまいました。雲水として、年に一度、美都子さんに会えるのは楽しみでもあり、苦しみでもありました。いや、辛い方がずっと大きかった。もも吉庵で僅《わず》かながらも二人きりの時間を持っていただけたということは、それが美都子さんの気持ちなんだと受け取っていました。だから……」

美都子は、恐る恐る声にした。

「だから?」

「だから、還俗して社長の仕事に戻った時、一番最初に思ったのは、これでもう一度、美都子さんにプロポーズし直せるということでした」

美都子は、本当なら飛び跳ねて喜び、藤田に抱き着きたいところだ。だが、藤田からは深い「悲しみ」が漂《ただよ》い伝わってきて、それを阻《はば》んだ。

「社長に戻って、会社は再び信用を取り戻しつつあります。でも、このご時世《じせい》、どんなささいなことからその信用が崩《くず》れるかわかりません。実は、つい先日も、六本木《ろっぽんぎ》のクラブで大切なお客様をご接待させていただきました。ところが、お店の女性が私に急に抱き着いてきて……。それがSNSにアップされて、大株主さんらに叱られてしまいました。その株主さんの一人に、厳命《げんめい》されたのです。『昔、よく祇園で遊んでいたという噂《うわさ》を聞いています。何が大事かよく考えて行動してください』と」

美都子にはわかった。藤田が何を言わんとしているのか。なぜ、もも吉にも立ち会ってほしいと思ったのか。

「苦しい、苦しいのです。美都子さんのことが今も好きです。幸せにしたい。今時、公《おおやけ》とプライベートは別です。でも、祇園の芸妓さんと一緒になることを、大株主さんたちは許してはくれません。しかし、私には会社を立て直し、社員と、社員の家族を守る責任があります。大勢の人たちを幸せにしなくてはならない定めがある。私は、美都子さんを諦めようと思います。これが、単なる自惚《うぬぼ》れだったら、どれほどいいかと思っています」

美都子は、背筋を伸ばして唇をキュッと一文字に結んだ。

そして、ふっと微笑《ほほえ》み、

「自惚れどす。それは藤田はんの自惚れどす。うちは舞妓になった時から、大勢の人に言い寄られては袖にしてきました。藤田はんも、そのうちのお一人や。勘違いせんといておくれやす」

と答えた。精一杯、虚勢《きよせい》を張って。でも……涙があふれて止まらない。藤田を見つめると、まるで自分の瞳を鏡に映したかのように、瞳が真っ赤だ。

「そうですよね。そうそう、そうですよねぇ。僕の勘違いや」

「当たり前どす。ほんま自惚れ屋さんどすなぁ。藤田はんは」

気付くとも吉は、おジャコちゃんを抱いて奥の間に消えていた。

あの七夕の宵のように、何もしゃべらないまま、ただ見つめ合った。

藤田はんが来はった翌日から、美都子さんは、あてもなく散歩に出掛けることが多くならはった。うちは美都子さんのことが心配で仕方がないから、

「ミャ〜ミャ〜（うちも連れてって〜）」

と、美都子さんにすり寄って甘えました。

「よしよし、一緒に行こな」

と胸に抱きかかえてくれます。行き先はいつも同じ、鴨川《かもがわ》にかかる団栗橋《どんぐりばし》の袂《たもと》の河原《かわら》や。団栗橋は、鴨川にかかる四条大橋の一つ下流の橋で、五花街の一つ、宮《みや》川町《がわちょう》の静かな街並みに繋がっています。

そこに腰を下ろすと、日永《ひなが》、水面《みなも》を眺めてはるんや。タクシーの仕事も、もう七日もお休みや。お座敷にも出はらへん。

うちも女の子やから、ようわかる。恋を失うと、食事も喉《のど》を通らんようになる。え？ ……泣いてはるん？ 眼えが紅い。ええよええよ、下向いてたら、誰にも見られへんさかい。

「ニ〜ニィ〜（泣いてもええよ）」

隠善は、この一週間というもの悩み続けた。美都子が塞《ふさ》ぎ込んで、タクシーも芸

妓もずっと休んでいる。二人の間が終わったことだけは察することができる。しかし、あの夜、何があったのかはわからない。美都子はあれほど、藤田社長に会えることを喜んでいた。ということは、美都子がふられてしまったということになる。なのに……あの藤田社長の悲しげな瞳は何だったのか。

何度も、もも吉庵へ美都子を訪ねようと思った。

しかし、顔を合わせても、どう声を掛けたらよいというのだろう。少し前、小鈴ちゃんが恋の悩みをもも吉庵で打ち明けた時のことを思い出した。

その際、隠源が「チャンスやないか」と言った。隠善もそう思った。すると、美都子に、ちょっと怖い顔をされ、「善坊、なに言うてるんや。ほんま女の子の気持ちわかってへんなぁ」と言われてしまった。

今、その気持ちが痛いほどわかる。傷ついているだろう美都子に、告白どころか、やさしく慰めることすらしてはいけない気がするのだ。

でも、でも……美都子のことが心配だった。あの気丈夫な美都子が、仕事が手につかないなどというのは、よほどのことなのだ。

隠善は　藤田社長の残した言葉を、心の中で反芻《はんすう》した。

「美都子さんのこと、よろしくお願いします」

居ても立ってもいられず、隠善は寺を飛び出した。おおよそ見当はついている。

鴨川を見下ろしながら川端通《かわばたどおり》を下がる。すると、すぐに美都子の姿を見つけることができた。おジャコちゃんを膝の上に抱いて、座っている。

河原に降りた。

（えい！　なるようになる）

と、美都子の隣にしゃがんだ。すると、おジャコちゃんが、

「ミャウ」

と鳴いた。その声に、ちょっぴり救われ、話し掛けるきっかけができた。

「春や言うても、今日は風も冷たいわ。寒いやろ」

美都子は、隠善の方を向き、

「寒いなぁ」

と答えた。法衣《ほうえ》の袂《たもと》に使い捨てカイロを入れていたことを思い出した。

「これ使《つこ》うてや」

と言い、封を切って美都子に手渡した。

「おおきに」

そう答えると、美都子はカイロを受け取って両手に包んだ。

「これもしたらええ」

隠善は自分の首に巻いていたマフラーを取って、美都子の首に巻いてやった。嫌

がるかと思ったら、為《な》されるがままにしている。

「善坊、今日はやけにやさしいんやなぁ」

「善坊やない、善男や。それに、やさしいのは今日だけやない、いつもや」

「そうかぁ、気ぃつかへんかったわ。かんにんえ」

隠善は慰める言葉を探した。しかし、何も思い浮かばない。

「なあ、美都子姉ちゃん、甘いもん食べに行かへん？」

困ったあげくに、知らず知らずそう口にしていた。

「甘いもん？」

沈んだ美都子の瞳に、僅かばかりの光が射したように思えた。

「僕がおごってあげてもええで」

「え？　善坊のおごりやて⁉」

「ほんまや、なんでもおごるでぇ」

「そないしたら、フランソアのレアチーズケーキ食べよか」

「ええなぁ、雪の塊みたいに真っ白で濃厚なやつや」

フランソア喫茶室は、西木屋町通《にしきやまちどおり》を四条より少し下がったところにあるレトロカフェだ。一九三四年創業でイタリアバロック様式の内装は、豪華客船のホールをイメージしたという。美都子は、急に饒舌《じょうぜつ》になった。

「そうやそうや、ソワレのゼリーポンチもええなぁ。紫や緑や黄色のゼリーがぎょうさん入ってるやつ。せっかくおごりなんやから、長楽館《ちょうらくかん》のアフタヌーンティーも行こか。うん、そうと決まったら、おジャコちゃん家に帰しに行って、今日は甘いもんの梯子《はしご》や！　お財布《さいふ》覚悟しとき」

そう言うと、美都子はスックと立ち上がり、隠善の腕を取り、歩き出した。それは、カラ元気にも見えたが隠善は正直、ほっとした。

「ちょ、ちょ、ちょっと待ってぇな美都子姉ちゃん。ごちそうするからて、調子に乗り過ぎやないんか？」

パッと美都子が振り返った。

「え⁉」

隠善は、見つめられて一瞬、動けなくなった。美都子の瞳にはうっすらと涙がにじんでいた。

「おおきに、善男」

「え？　え？　……美都子姉ちゃん、今、なんて言うた？」

「さっ！　行こか」

「善男て言うたよなぁ、なぁなぁ」

「知らん」

白鷺《しらさぎ》が一羽、目の前を飛び立った。
すると、そばにいたもう一羽も、追うように羽を広げて舞い上がった。
川端通の桜の蕾が、かすかに紅《あか》らんで見える。
隠善は、小躍りしたい気持ちを抑えて空を見上げた。

第二話　頑《かたく》なな心も溶《と》かす金平糖《こんぺいとう》

「遅い！」

泉美《いずみ》は、門灯《もんとう》の陰からヌーッと現れた男性にビクッと身体《からだ》をこわばらせた。

へっぴり腰で朝刊を差し出すと、男性は奪い取るようにして受け取った。

その声は、しわがれて重く低い。それが大声で怒鳴るよりも、かえって心に深く突き刺さってくる。泉美は、身体が凍《こお》り付いて動けなくなってしまった。

「早《は》よ行かんか」

「は、はい」

腕時計を見ると、午前四時七分。

決して、「遅い！」と叱《しか》られるような時間ではないはずだ。言い返そうとしたが、よけいにやっかいなことになりそうだ。まだ新聞配達二日目。ここはグッと堪《こら》え、「すみません」と頭を下げ、次のお宅へと走り出した。


橘《たちばな》泉美はこの春、京都タイムスに入社した。

中学の頃から、夢にまで見ていた新聞記者になれる喜びでいっぱいだ。

四月一日の入社式が終わると同時に、二か月半の研修が始まった。最初の二週間は座学である。同期四人が会議室に缶詰めとなり、取材の仕方、情報のまとめ方、そして記事の書き方などを先輩の記者から代わる代わるにレクチャーを受ける。

泉美は、実際に街中を取材に走り回る自分の姿を思い浮かべて、ドキドキと胸を躍《おど》らせながら先輩たちの話を聴いた。

京都タイムスでは、正式に支局や取材班に配属される前に、名物とも言うべき変わった研修がある。販売所実習だ。一言で言うと新聞を配達するのだ。

研修初日に配布された「研修日程表」を見て、泉美は思わず、

「え〜!」

と声を上げてしまった。てっきり、一日か二日の体験実習だと思い込んでいた。それが、丸二か月もあるという。面接試験が同じグループで、採用が決まった時から仲の良い早紀《さき》に、あきれた表情で、

「あんた今頃何言うてるんや。入社説明会の時にも人事の人が説明してたやないの。ボーッとしてたんと違うか」

と一蹴《いっしゅう》されてしまった。

販売所実習は、想像していたよりもハードだった。

なんと!　午前三時に販売店に出社しなくてはならない。とにかく、朝に弱い泉美には、まずその時刻に間に合うように起きるのが試練《しれん》なのである。実家は、京都

市内から車で一時間以上も離れた山あいの美山町《みやまちょう》だ。そのため、会社の近くにある社宅に入ったのだが、そこから販売店までが遠かった。真夜中なので電車もバスもなく、ひたすら自転車を漕《こ》ぎまくる。

スマホのアラーム設定だけでは不安なため、目覚まし時計も枕元に置く。午前一時五十分にセット。寝ぼけ眼《まなこ》でたどりついた実習初日は、高校三年の悠真《ゆうま》君が一軒一軒、一緒に回ってくれた。中学一年から始めたというベテランだ。

先導する悠真君のあとを必死に追いかける。右肩にズシリと新聞がのしかかり、思うように走れない。

「あ、あの……ちょっと待って。重うて」

「大丈夫や、すぐに慣れると思う。僕も最初の一週間くらいはしんどかったさかい。それより、配達が遅うなるとあかん。半分持とか?」

そう言われて、「はい」と答えるわけにはいかない。明日からは、自分一人なのだ。

「急がんと、あかん人がおるんや」

「え?」

聞き返す余裕もなく、悠真君は先へと走って行き角《かど》を曲がった。泉美は、遅れまいと必死に付いてゆく。七軒目のお宅の前まで行くと、暗闇の中に人が立っていた。かろうじて、それが男性で、お爺《じい》さんと呼ぶような年齢だとわかった。悠真君が、新聞を手渡しながら挨拶《あいさつ》する。

「丹波《たんば》さん、おはようございます」

「うむ、おはよう」

丹波と呼ばれた男性の顔が、門灯に照らされてくっきりと浮かび上がった。歳は七十歳くらいか。表情一つ変えない。かなり気難《きむずか》しそうに思われた。

「明日《あす》からしばらく、新聞はこちらの橘さんが配達することになります」

泉美は慌《あわ》てて、

「よろしゅうお願いします」

と頭を下げたが、丹波は微《かす》かに頷《うなず》くと家の中に入っていった。次のお宅へと歩きながら悠真君が説明してくれた。

「丹波の爺ちゃんは一人住まいでな、めちゃくちゃ早起きなんや。歳取ると、夜中によう眼ぇが覚めるとか聞くけど、それにしても早過ぎる思うけどなぁ。そやけど、起きたら一番に、新聞読むのが楽しみやそうで、僕が来るのを表で『今か今か』て待っててくれてはる。無愛想《ぶあいそう》やけど京都タイムスの大ファンのええ人や」

「そやけど、ちょっと、おっかないような……」

悠真君がにやりと笑って言う。

「実は、僕も前の担当の人から引き継いだ当初は、よう叱られて凹《へこ》んだもんや」
「悠真君も?」
「『挨拶は!』とか『声が小さい!』とかな。そやけど、僕はサッカーやってても
っと怖い先輩に鍛《きた》えられてきたさかいに免疫があるいうか……。厳しい人の言うこ
とには、何でも元気よく『ハイ!』『ハイ!』言うてたら『素直《すなお》な奴《やつ》や』て思うて
くれて可愛《かわい》がられるもんなんや」
「へえ~そうなんや」
泉美は、悠真君の方が自分よりもよほど大人だと思った。
「もっとも、明け方にあんまり大きな声出すと、近所迷惑《めいわく》やさかい注意してな」
「はい、わかりました」
丹波は独り暮らしだというが、家族はいるのだろうか。食事はちゃんと摂《と》れてい
るのだろうか。泉美はなんだか心配になってしまった。
悠真君に念押しされた。
「丹波の爺ちゃんに叱られんように、よう気ぃ付けてくださいね」
泉美は早起きに努めて頑張った。一週間もすると、新聞を入れたバッグが軽く感
じられるようになった。「これなら大丈夫だ」と、思い始めたその晩のことだった。

ベッドに入ったところへ、大学時代の友人・夏穂《なつほ》から電話がかかってきた。いきなり、まくし立てられた。夏穂は、東京の建設会社に就職したのだが、建設現場の見学中、年配の作業員さんから怒鳴られて泣いてしまったという。

「まあ私が悪いんだけどね、ヘルメットの紐《ひも》の締め方が甘いと注意してくれたんだけど。親切で言ってくれたのはわかるの。でもさぁ、その言い方がきついのよ」

「わかるわかる。なんで昭和の人はやさしく言えへんのやろ」

ついつい泉美は、丹波のお爺さんの話を愚痴《ぐち》っぽく話してしまった。

「どこも同じだねぇ」

「まあ、社会は甘《あま》うないいうことやなぁ」

電話を切ると、すでに九時を回っていた。疲れているのに、寝付けない。それでもうつらうつらしているうちに眠りに落ちた。

ハッとして飛び起きる。時計を見る。しまった！　寝過ごした‼　夢うつつで二つともアラームを止めてしまったらしい。慌てて着替えて、自転車を漕いだ。

配達のスタートが遅れた。ハァハァと息を切らし走って行くと、そこには家の前の歩道まで出てきて、仁王立《におうだ》ちしている丹波のお爺さんがいた。

恐る恐る、

「おはようございます」

と言い新聞を手渡した。すると、ゆっくりと手を伸ばし、

「遅い！　学生さんは毎日三時五十五分やった」

とだけ言い泉美を睨《にら》みつけると、家の中に入って行った。身がすくんだ。腕時計を見ると、四時二十三分。たしかに悠真君が配達していた頃よりは、三十分近く遅い。でも、普通の人は、まだ寝ている時間だ。待つのが嫌なら、家の中でお茶でも飲んでいればいいのだ。泉美は吐《は》き捨てるように呟《つぶや》いた。

「こんなんやってられへん」


丹波哲蔵《てつぞう》は、早起きだ。別にそれは、歳のせいではない。若い頃からの習慣が身に付いてしまっているのだ。

哲蔵は、大原《おおはら》の農家の三男坊。小学校の三、四年生の頃にはすでに、一番上の兄貴が畑の重要な働き手になっていた。哲蔵は、畑仕事が好きだった。収穫《しゅうかく》の時期だけでなく年中、畑の手伝いをした。畑を耕《たがや》し、種《たね》を蒔《ま》き、肥《こえ》をやる。それが芽吹くと、何にも代えられない喜びが湧いてきた。しかし、哲蔵の実家の農地では、何人もが暮らしていくには狭すぎた。

高校の先生の紹介で、京都中央市場の青果卸売協同組合に就職が決まった時に

は、思わずガッツポーズをしたことを覚えている。育てることはできないが、野菜に関わる仕事ができることが幸せに思えたからだ。

本当は、大学の農学部へ行きたかったが、家庭の事情がそれを許さなかった。ところが、いざ協同組合に勤め始めると、そこが「学びの場」であることがわかった。賀茂《かも》ナス、京タケノコ、九条《くじょう》ネギ、鹿ケ谷《ししがたに》カボチャ、伏見《ふしみ》トウガラシなど数多くの京野菜を扱うことができたからだ。休みの日に、栽培《さいばい》農家を訪ねては日照《にっしょう》や肥料の調整、手入れの苦労話に耳を傾けた。

そんな熱心な若者は珍しいらしく、どこでも歓迎され可愛がられた。哲蔵はいつしか、「京野菜通」と誰もから認められるようになった。

定年になっても、「丹波さんがおらんようになったら、市場は回らへん」と仲間や上司から頼りにされ、請《こ》われて契約社員として働いた。おかげさまで、健康だった。身体が言うことをきく限り、何歳までも働きたいと思っていた。

ところが、である。

三年目に、リストラが行われた。そのあおりを受け、哲蔵は契約を打ち切られてしまう。突然、毎日が日曜日になった。仕事一筋で、趣味も道楽《どうらく》もない。

夜は八時には床《とこ》につく。目覚ましなど不要。自然に午前二時ちょうどにパッと目が覚める。退職してすぐの頃は、何度も着替えて出勤しようとしてしまい、自分でも呆《あき》れて苦笑《にがわら》いしたものだ。

一昨年、肺炎に罹《かか》った女房は、あっさりあの世に旅立ってしまった。仕事を失ったことに加えて、一人という淋《さび》しさを、嫌と言うほど味わうことになった。

深夜の二時に起きてしまうと本当に困る。退屈《たいくつ》で仕方がないのだ。テレビを点《つ》けてみる。知らないお笑い芸人が出ていた。スタジオの観客が大笑いしている。哲蔵には何が面白《おもしろ》いのかわからず、テレビを消した。誰もいない居間でポツンと一人、自分で淹《い》れたお茶を飲みながら、朝を待つことほど辛いことはない。

哲蔵は、昔から新聞を読むのが好きだった。ずっと購読《こうどく》しているのが、京都タイムスだ。全国紙とは違い、地元密着の記事が多い。中でも、自然に目が留まるのが農産物についての記事である。

「今年は豊作　京タケノコ」「花菜《はなな》の出荷始まる」「大根焚《だいこだ》きには公共交通機関で」

家庭欄でも、「美味しい水菜とお揚げさんの炊いたんの作り方」「堀川《ほりかわ》ゴボウで便秘解消」という話は、見逃《みのが》さない。農家の人の顔写真を見ると、その人と会話をしているような錯覚《さっかく》に陥《おちい》る。そのおかげで、少しは淋しさが紛《まぎ》れるのである。

となると、楽しみなのは、その朝刊が届くことだ。待ち遠しくて、仕方がない。最初のうちは家の中で、新聞受けに、ポトッと配達された新聞が落ちる音がするのをじっと待っていた。それが、玄関の框《かまち》に腰掛けて待つようになり、あげくには草履《ぞうり》を履《は》いて外に出て、門灯の脇で新聞配達員を待ち受けるようになった。

「おはよう！」

今も覚えている。最初に挨拶をしたのは、高校生ぐらいの男の子だった。笑顔で、

「あっ、おはようございます」

と、驚きながらも答えてくれた。それに味を占めて、毎朝、いや真夜中に玄関先で新聞が配達されるのを待つことが日課になった。誰かと話がしたくて……。


大沼勇《おおぬまいさむ》は京都タイムス社会部の「サツまわり」だ。警察担当記者のことだが、小体《こてい》な新聞社ゆえに、大きな事件がない時には何でもこなさなくてはならない。それこそ、シカやサルが街中に出没すると、それを一日中追いかけさせられたりもする。

この春、大学の新聞研究会の後輩が入社してきた。橘泉美だ。

就職試験の前、ＯＢ訪問を引き受け、会社近くのカフェで会ったことがある。

「新聞記者のどこにやりがいを感じていますか？」「事件の取材で危険な目に遭《あ》った

ことは？」などと、矢継《やつ》ぎ早の質問攻め。とにかく熱心で、圧倒されてしまった。

「こんな子がきてくれたら、我が社も未来が明るいなぁ」と思ったことを覚えている。

大沼自身、特に愛校心が強いわけではないが、できるだけ面倒をみてやりたいと思った。入社式のあとに「困ったことがあったらいつでも相談にのるさかい、まずは研修を気張《きば》りなはれ」とだけ伝えておいた。


それから三週間ほどが経った昼過ぎのことだ。

大沼が取材から帰ってパソコンに向かっていると、泉美が目を三角にして社会部の大沼の席にやって来た。いきなり、

「先輩！　なんでこないに長《なご》う新聞配達やらなあかんのです？」

少々、気が昂《たかぶ》ってるらしく声が大きい。

「どないしたんや、ここへ座り」

と、隣の空いている席に促《うなが》した。

「配達なんて仕事、一日やったらわかります。新聞受けに入れるだけやないですか。それを二か月もやなんて。うちは記事が書きとうて新聞社に入ったのに」

「まあまあ、落ち着きぃ」

そう言いつつも、勇は泉美の気持ちもまんざら理解できないわけではなかった。自分も朝が大の苦手なので、入社当時には不満たらたらで新聞を配ったものだ。

勇は、泉美の眼を見て答えた。

「『ああ、こんな人が読んでくれてはるんや』て、読者の顔を直接に見て感謝の気持ちを持つためなんや。今の社長も入社した時には配達したて言うてたで」

「そんなら二、三日経験すればええんやないんですか？　なんで二か月も……」

勇は返事に窮《きゅう》し、

「それはそのお～、配達してくれる人に感謝するため……なんやないかなぁ」

と言ったものの、説得力のない言葉だと自分でもわかった。

「人事課長にお願いして、こんな無意味な研修すぐ止めるよう進言しよう思います」

そんなことをされたら、大学の先輩として面目《めんぼく》丸つぶれだ。勇はその場しのぎと承知しつつ、

「ちょ、ちょっと待ちぃな。もうちびっと辛抱《しんぼう》でけへんか？　課長には俺から言うてみるから」

と答えながらも、泉美に納得いく説明ができないことを不甲斐《ふがい》なく思った。

泉美は、不満なままの顔つきで帰った。後ろ姿を見て、ふと思い出した。ＯＢ訪

問を受けた時のことだ。なぜ新聞記者になりたいかという志望動機を尋ねると、泉美はこんな話を聴かせてくれた。

「うちが中学生の時の事です。東寺《とうじ》の近くに住んでる母方の祖母が子ども食堂を始めたんです。小学校の先生をしてはったんやけど、朝ご飯どころか、夕ご飯もちゃんと食べられへん子どもが、どのクラスにもいたそうです。たいてい、貧しさが原因やったいいます。その子らは、学校の給食が唯一《ゆいいつ》のまともな食事で、親から『しっかり食べてきぃ』と言われたりしていたそうです。なんとかしてあげたいけど、教師一人の力ではどうすることもでけへん。ある時、祖母が、大学教授の祖父に相談したら、『最近、東京で子ども食堂いうもんが話題になってるて聞いたで。うちでもできるんやないか』って言わはって。それで、土日に自分の家の居間を開放して、いつでも子どもたちがご飯を食べに来られるようにしたんです」

「それと、新聞記者になりたいいうんと、どないな関係あるんや」

勇は、泉美の話に引き込まれて尋ねた。

「はい。それが、始めたんはええんやけど、誰も来ぃひんかったそうなんです」

「なんでや」

「子どもに無料でお昼や夕ご飯をご馳走《ちそう》するやなんて、いくら学校の先生でもなんやうさん臭いて思われたらしいんです。それに、生活に困っている親御さんにしても、プライドいうもんがある。恵んでもらうんは、ご近所の手前もあるし気ぃ引けたんや思います」

「なるほどなぁ。ええことするんも難しいなぁ」

泉美は話を続けた。

「お腹空かせた子がぽつりぽつりと来る程度やったある日、子どもやのうて大人が来《き》はったんです。それが、京都タイムスの記者さんやったそうです」

「えっ、なんやて！」

「子ども食堂を始めた経緯《いきさつ》とか現状、苦労話なんかを聞いて帰らはって。その数日後、小さいけれど社会面に記事が掲載されたんやそうです。そないしたら、もうびっくり。親御さんが子どもの手ぇ引いて、『うちの子にも食べさせてもらえるでしょうか』って殺到《さっとう》して……」

「うちの新聞社もなかなかやるもんやなぁ」

勇は、自分が書いた記事ではないが、少し誇《ほこ》らしい気分になった。

「まだ続きがあるんです。そんなふうに盛況《せいきょう》になったんはええけど、今度は祖母の財布の具合が足らんようになってしまったんやそうです。ところが、またまた『子ども食堂ピンチ』いうて、同じ記者さんが記事を書いてくれた。そないしたら、お米やら野菜やら、レトルトカレーやら、あちこちから寄付が相次いで……それで今は、祖父も大学を退官しましたので、夫婦で子ども食堂をやってるんです。その時思ったんです。うちも市民の役に立てる新聞記者になりたいって」

そう熱く語る泉美の瞳は、キラキラとしていた。やる気はわかる。だからこそ、研修の初めから愚痴など言って足踏みしてほしくないと思うのだった。

哲蔵には愛華《あいか》という一人娘がいる。

市役所に勤めており、職場恋愛をして結婚した。相手の実家は西陣《にしじん》で繊維《せんい》関係の仕事をしているが、長男が既《すで》に家を継いでいる。そのため、次男である婿は実家に気兼ねすることなく、しばしば夫婦揃って遊びに来てくれる。若いのに似合わず将棋《しょうぎ》を嗜《たしな》むので、娘が家事を手伝ってくれている間、二人は手合わせをする。それは、孫の麻菜《まな》が生まれてからも変わらなかった。

ところが、麻菜が小学校に上がる頃から、徐々に顔を見せる回数が少なくなった。哲蔵にはその訳がわかっていた。麻菜のふるまいの、一つひとつに口出しをするからだ。

例えば、箸《はし》の上げ下ろし。これは幼い頃に身に付けておかないと大人になって恥《はじ》をかく。それに、食べ物の好き嫌いが多い。特に野菜が苦手《にがて》だ。

「麻菜ちゃん、ニンジンはぎょうさん栄養があるんや。食べにくかったら、お爺ちゃんがジュース作ってやろか」

「ニンジン嫌い！」

麻菜は、まだ食事の途中なのにアニメのビデオを見に行ってしまった。娘の愛華には物心がついた頃から厳しくしつけた。その反動なのか、愛華は自分の娘に甘い。

「お父さん、麻菜のことはかまわんといてよ。まだ小さいんやから、好き嫌いがあって当然なんよ。大人になるにつれて、自然に食べられるようになっていくわ」

「何言うてるんや。お前が箸をちゃんと持てるのも、どこへ行っても恥ずかしくないマナーを身に付けられたんも、わしが厳しく教えたからやないか」

「私はいつもご飯を食べるのが憂鬱《ゆううつ》だったのよ、すぐそばでお父さんがワーワー言うから、せっかくお母さんが作ってくれたご飯も美味《おい》しいって思ったことがなかったのよ。私は自分の娘を、そんなふうに育てたくないの！」

「なんやて～」

カッと頭に血が上った。すぐそばにいた婿が、

「まあまあ」

と、何度も仲裁《ちゅうさい》に入ってくれたが、娘も誰に似たのか頑固で譲《ゆず》ろうとしない。そんなことを二度三度と繰《く》り返しているうちに、娘家族は家に寄り付かなくなってしまった。

その話を、青果卸売協同組合時代の同僚に話すと、こんなことを言われてしまった。

「哲《て》っちゃんのことはよう知っとる。要するにおせっかい、思いやりが過ぎるんやな。ええか、歳取ったら人様から嫌われんように生きなあかん。わても若い者《もん》見るとイライラするけど、なんも言わん。見て見ぬフリや。それで家庭も平和になるし、『お爺ちゃん、お小遣いちょうだい』言うて甘えてくれたら嬉《うれ》しいやろ」

「……」

正直、ムッとした。でも、元同僚も同じ気持ちだと知ると、少し気持ちが軽くはなった。だが、自分にはなかなかできそうにない。堪《こら》えようとしても、ついつい口に出てしまうのだ。

老化は足腰からという。

だから哲蔵は、雨さえ降っていなければ、頻繁《ひんぱん》に散歩に出掛けるようにしている。お気に入りのカフェまで行ってコーヒーを飲んだあと、ぶらぶらと寄り道をして帰って来る。それだけでも、長く感じられた一日に張り合いが生まれた。

ある日、カフェに、新しいアルバイトの男の子が入った。コーヒーカップをテーブルに置く時、カチャッと音がした。少しばかりのことではあるが、「教えてやらねば」と注意してやった。

「食器はそっと置いた方がええで」

哲蔵としては、精一杯控《ひか》えめな言い方をしたつもりだった。ところが、男の子はペコッと頭だけ下げて行ってしまった。なぜ、「はい。わかりました」のひと言が言えないのか。不快で、せっかくのお気に入りだったカフェへの足が遠のいた。

散歩の途中、休憩《きゅうけい》する児童公園がある。

ある日、藤棚の下のベンチに座り、ボーッとして花を見上げていると、幼稚園の年長《ねんちょう》くらいの男の子がこちらへ走って来た。ベンチに上がってピョンッと跳《は》ねた。垂《た》れ下がる藤の花房に触れようとしたのだ。もちろん、その程度のことで、届くはずもない。

微笑《ほほえ》ましいとは思ったが、教えてやった。

「ぼく、ベンチの上に上がる時は靴を脱ぐんやで」

「うん」

そう答えると、自分で靴を脱いだ。素直ないい子だ。昨日の雨で、地面がまだ濡《ぬ》れている。ベンチに靴の裏の泥がついてしまった。哲蔵はポケットに入っていたティッシュで泥を拭《ふ》いた。そして、男の子に藤の花を触らせてやりたいと思った。野菜も花も同じだ。自然は、実際に触れてみて、感じることが大切だと哲蔵は思っている。男の子を抱き上げてやった。思うよりも重くて、腰にきた。ウッと顔をしかめたその時である。

「何しはるんですか！　うちの子に」

若い女性がこちらへ駆けて来た。その後ろから、子連れの女性も三、四人やってくる。

「いや、この子が……」

こちらが答える間もなく、母親は男の子を哲蔵から奪《うば》い取るようにして抱きかかえた。そして、キッと鬼のような形相《ぎょうそう》で睨む。あとから来たママ友たちも、遠巻きに冷たい視線を送ってきた。どうやら、誘拐犯《ゆうかいはん》ではないかと疑っているらしい。

「いや、わしは……」

と言いかけたところで、

「お巡りさん呼びますよ！」

と、吐き捨てるように言い、踵《きびす》を返して去って行った。そのあとも、ママ友たちは公園の端《はし》に集まって、こちらをチラチラと見ながら何やらしゃべっている。その一人が、スマホを取り出してこちらを睨んだ。本当に一一〇番に電話をされてはかなわない。哲蔵は這《ほ》う這《ほ》うの体《てい》で、公園から逃げ出した。

そんな具合に、どこへ行っても居心地が悪い。昔は、どこの子だろうが、人生の先輩として「悪い事は悪い」「こうすると上手《うま》くいく」と、年上の者《もん》が教えてやるのが当たり前だった。いつからこんな世の中になってしまったのだろう。哲蔵は、やるせない気持ちで商店街を抜けて家路についた。


その翌日は、朝から病院へ出掛けた。以前、胸が苦しくなって救急車を呼んだことがある。すぐに退院できたものの、ずっと薬を飲んでいる。病院は嫌いだが、経過観察《けいかかんさつ》が必要だと言われ、月に一度、検査をして問診《もんしん》を受けるのだ。

特に異常は認められなかった。最後に、「お薬はちゃんと飲んでくださいね」と言われたが、小声で「はい」としか答えられなかった。実は、その薬もついつい飲み忘れることがある。それを先生に見透《みす》かされたような気持ちになったからだ。

ひょっとしたら、哲蔵に注意された愛華や、昔勤めていた会社の同僚、カフェ店員も、同じ気持ちだったのかもしれないと思った。

病院の帰り道にあるカフェに入り、置いてある新聞を読んで時間を潰《つぶ》した。またまた店員の接客の言葉遣《づか》いが気になってしまい落ち着かない。

(いかんいかん、ここは我慢《がまん》や)

元同僚のアドバイスを思い出し、見て見ぬフリをして店を出た。帰宅すると、台所のテーブルの上に、大きなレジ袋が置いてあった。中をのぞくと、カレーやスープ、パックご飯などのレトルト食品が見えた。

「またか……」

と呟《つぶや》いた。冷蔵庫を開けると、手作りのきんぴらごぼうや壬生菜《みぶな》のおひたしなど、総菜の入ったタッパーがいくつも積んである。月に一度、通院日を狙《ねら》って娘の愛華がやって来る。家の鍵を持っているので、こっそりと食べ物を置いていくのだ。

孫の顔は見たい。婿殿と将棋も指したい。しかし、こうなってしまったのは、自分のせいだとわかってはいる。だが、口を出したくなる性分《しょうぶん》は変えられないのだ。

でも、月に一度、こうして来てくれる。まだ愛華には見捨てられてはいないようだ。そう思いホッと胸を撫《な》でおろす。

哲蔵は、きんぴらのタッパーを冷蔵庫から取り出し、一口摘《つま》んだ。唐辛子《とうがらし》がよく利いて、舌がヒリヒリした。

勇は、泉美のことで名案が浮かんだ。

「困った時のもも吉お母さん」である。

早速《さっそく》、もも吉に電話を掛けた。事情を説明すると、

「よろしおす。話聞かせてもろうてるうちに、ええ考えが浮かびました。とにかく、その泉美さんいう娘《こ》、連れて来なはれ」

と、二つ返事で応じてくれた。どんな「考え」があるのだろう。今までも、いろいろとももも吉お母さんにはお世話になっている。大勢の人を良い方向へと導いた逸話《いつわ》も耳にしている。勇は、すがる思いで、

「よろしゅうお願いします」

と言った。

今朝《けさ》泉美は一番で、丹波のお爺さんの家に新聞を配達しに行った。配達順路を入れ替えたのだ。非効率なのだが、こちらにも意地というものがある。

到着したのが、三時四十分。

お爺さんが玄関の扉を開けて出て来るのを待ち受けてやろう、という目論見《もくろみ》だった。ところが、家の前まで行くと、お爺さんが既《すで》に表に立っていて驚いてしまった。いったい何時から新聞を待っているというのか。

「おはようございます！　丹波さん」

と、できるだけ元気よく挨拶すると、

「うむ、おはよう。ごくろうさん」

と答えてくれた。だが、やっぱり愛想《あいそ》なく、新聞を奪うようにして受け取ると、そそくさと家の中に入っていってしまった。

泉美は思った。独り暮らしということだが、子どもや孫はいるのだろうか。どんな仕事をしていたんだろう。お爺さんのことがなぜか知りたくなった。

その日、泉美に、大沼から急に電話があった。

「甘いもんでお疲れさん会しよか」と言う。きっと先日、すごい剣幕《けんまく》で大沼の席まで押しかけたので、気分をなだめようというのに違いない。納得はできないものの、自分も大人げなかったと反省している。

泉美は、大沼の誘いに応えた。

「どこのお店に連れて行っていただけるんですか？　なんなら、直接、お店の前で待ち合わせでもええですよ。夕刊を配り終わったら伺《うかが》います」

大沼は、

「初めてやとわからへん思う。待ち合わせ場所はあとで連絡するさかい」

と言い、電話は切れた。

そして、南座《みなみざ》の前で大沼と落ち合った。

泉美は、大沼の後ろに付いて、花見小路《はなみこうじ》を左へ右へと小路を曲がった。すると、急に道が細くなる。車どころか、人さえすれ違うのに気を遣う。たしかにこれはわかりにくい。大沼が一軒の町家《まちや》の前で立ち止まった。

格子戸《こうしど》をガラッと開けると、点々と連《つら》なる飛び石が見えた。奥の上がり框《がまち》で靴を脱ぐ。襖《ふすま》を開けると、上品な和服姿の女性が出迎えてくれた。

薄い青磁《せいじ》に刺繍《ししゅう》の松葉散らしの着物。藤色の塩瀬《しおぜ》の帯に、柄は波に丸の模様。帯締めは群青色《ぐんじょういろ》である。

「もも吉お母さん、美都子《みつこ》さん、こんにちは」

「ようおこしやす。いつもお忙しそうどすなぁ」

どうやら大沼は、ここの常連《じょうれん》らしい。

「はじめまして。橘泉美言います。あの、大沼さんの大学の後輩で……」

「もも吉どす。どうぞよろしゅう。泉美さんのことは大沼はんからよう聞いてます。さあさあ、お掛けやす」

促されるまま、椅子に腰かけた。店内にはL字のカウンターがあり、その向こう側は畳敷きだ。その畳の上に、「もも吉」と名乗った年輩の女性と、まるで女優かと思うほど美しい女性が正座をして座っている。

「うちは、娘の美都子どす。ようおこしやす」

「おじゃまします」

カウンター席は丸椅子《いす》が六つのみ。角の席には、猫が丸まって眠っている。たしか、アメリカンショートヘアーだ。耳が、ピクピクッと動いた。ひょっとしたら、眠っているようでいて、人間の会話に聞き耳を立てているのかもしれない。

先客がいた。三人。こちらが会釈《えしゃく》しかけると、向こうから名乗った。

「わては、そこの建仁寺《けんにんじ》の塔頭《たっちゅう》、満福院《まんぷくいん》の隠源《いんげん》や。住職をしてる。こっちが副住職で息子の隠善《いんぜん》や」

二人とも、にこにこと微笑《ほほえ》んでいる。

「すみません、京都タイムスに入ったばかりの新人で、まだ名刺《めいし》も作ってもらってないんです」

「かまへん、かまへん」

と隠源が手を振った。そしてもう一人。明るく上品な和服姿の女性が座っている。歳は四十半ばくらいだ。大沼が、

「清水《しみず》さんもいらしてたんですね。たいへんご無沙汰《ぶさた》しております」

と深くお辞儀をした。

「へえ、こちらこそ。いつぞやはおおきに」

「以前に、新聞の取材でお世話になったんや」

と、大沼が泉美に向いて言う。もも吉が、

「挨拶はもうええでっしゃろ。支度《したく》はでけとります。今すぐに麩《ふ》もちぜんざいお出ししますさかい、美都子、手伝《てつど》うてくれるか」

「へえ、お母さん」

二人が奥の間に下がっている間に、大沼が説明してくれた。

女将のもも吉は、十五で舞妓《まいこ》に、二十歳で芸妓《げいこ》になった。その後、母親が急逝《きゅうせい》したため、お茶屋の女将《おかみ》を継ぐことになった。ところが、予期もしない艱難辛苦《かんなんしんく》が待ち受けていた。それを試練《しれん》と受け止めて、乗り越えてきたのだという。

「甘味処『もも吉庵』に衣替《ころもが》えしてからは、そんなもも吉お母さんを訪ねて、花街《かがい》の人たちが密《ひそ》かに悩み事を聞いてもらいに来るんや。いや、花街だけやのうて会社の社長さんや有名な芸能人もいてるらしい。そうそう、修学旅行の子にアドバイスしたて噂《うわさ》も聞いたことがある」

ほどなくして、目の前に清水焼《きよみずやき》の茶碗《ちゃわん》が置かれた。

「さあさあ、皆さん召し上がっておくれやす」

もも吉に勧《すす》められ、泉美がふたを開けると、小豆《あずき》の香りが鼻腔に広がった。

（おや、中にお餅《もち》のようなものが入っている。なんやろ、茶色っぽい）

泉美がそれを口に含んだとたん、フワッとどこかで記憶のある香りがした。

（あれ、これって……）

泉美が口にする前に、隠源が声を上げた。

「ばあさん、なかなかええやないか」

「うちはばあさんやない。じいさん、あんたにもわかるんか」

「わからんでかいな。ほうじ茶を麩もちに練《ね》り込んである。そやさかい、それに合わせて、今日はお茶もほうじ茶淹《い》れたんやな」

「じいさんにしては、まだ味覚は老化してへんみたいやなぁ」

泉美は、二人の会話に思わず吹き出しそうになってしまった。さらに、一口、二口と木匙《きさじ》ですくって口に運ぶ。

「美味しい～幸せやぁ」

と自然に声が出た。頬がとろけそうだ。すると、大沼が「清水」と呼んだ和服の女性がニコリとして、

「ほんま、幸せの味どすなぁ」

と、泉美の方を向いて微笑んだ。きっと慣れない早起きと、緊張の連続で心がこわばっていたのだろう。泉美はこの麩もちぜんざい一杯で癒《いや》され、心がやわらかく

なったような気がした。もも吉が言う。

「泉美さん言わはったなぁ。なんや大沼はんが悩んではったえ。あんまり先輩を困らせるもんやあらしまへんで」

「は、はい……」

叱るような風ではない。

かといって、やさしさというのとも違う。

穏《おだ》やかな笑《え》みを浮かべて、諭《さと》すような口調《くちょう》だった。どうやら大沼は、先日の出来事をもも吉に話したらしい。恥ずかしくて顔が火照《ほて》った。しかし、さっき、もも吉は大勢の人たちの悩み事を聞き、アドバイスをしていると聞いた。泉美はぜひ、自分の相談にも乗ってもらいたいと思った。

「あの～もも吉さん」

「なんでっしゃろ」

「うち、早《はよ》う取材して記事が書きたいんです。それなのに、二カ月も、新聞配達やなんて……単純な仕事やからて、新聞配達をバカにしているつもりはないんです。そやけど、早起きがしんどいことがわかっただけで、もう充分や思うんです」

もも吉の表情が、突然の夕立《ゆうだち》の空のように一変した。

一つ溜息をついたかと思うと、裾の乱れを整えて座り直した。背筋がスーッと伸びる。帯から扇《おうぎ》を抜いたかと思うと、小膝《こひざ》をポンッと打った。ほんの小さな動作だったが、まるで歌舞伎役者《かぶきやくしゃ》が見得《みえ》を切るように見えた。

「あんさん、間違《まちご》うてます」

「え？」

「新聞配達を単純な仕事やて言わはりましたなぁ。世の中に単純な仕事なんてあらしまへん」

「……」

泉美は、言葉を返せない。

「ええどすか。どないな仕事も単純そうに見えて奥が深いもんや。それを学ぶのに、数日ではなんもわからしまへん」

泉美は思った。それは正論だと。でも、新聞配達に奥が深いもなにもないのではないか。反論しようと思ったが、さすがに初対面なので言葉を呑《の》み込んだ。

「あんさん、今、何か言い返そうて思わはったやろ」

「え⁉」

心の中を見通され、泉美は少しばかり恐ろしくなった。それまで、黙って話を聞いていた清水という女性が口を開いた。

「もも吉お母さん、このお嬢さんにうちの工房を見てもろうたらどないでしょう」

「それはええ」

と、もも吉が破顔《はがん》して頷いた。隠源が腕組みをして、

「それはええ。きっとびっくりするで」

と頷いた。

（工房って？　……いったいどこの？）

泉美が尋ねようとする前に、もも吉がカウンターの脇に置いてある陶器の小さな壺《つぼ》を手に取った。ひょうたんの形をしている。

「これが何だか知ってはりますか？」

「い、いえ……」

「これは茶道《さどう》のお菓子を入れるお道具で『振出《ふりだし》』言います。清水さんとこの工房では、こん中に入ってるもんを拵《こしら》えてはるんや」

そう言い、もも吉はふたを開けて、泉美の前に差し出した。中をのぞくと、金平《こんぺい》糖《とう》が入っていた。女性が名刺を差し出した。

創業弘化四年　京都金平糖
株式会社 緑寿庵《りょくじゅあん》清水
常務取締役　清水珠代《たまよ》

清水という女性は、ここの女将だという。

「この金平糖はほうじ茶の味なんよ。もも吉お母さんは、これを召し上がって、さっき食べた麩もちにほうじ茶を練り込むことを思いつかはったんよ」

そう言うと、泉美に金平糖を一粒取って差し出した。

隠源が、

「なるほど、そういうことやったんやな。わてにもくれるか」

と手を差し出すと、隠善も、

「僕にもいただけますか」

と手を出した。女将の清水は、それぞれの手のひらに二、三粒ずつ金平糖を振出から取って配った。

「美味しいなあ」

「ええなぁ」

「幸せの味や」

と、口々に言い合い、カリカリとかみ砕いた。

清水が、改めて泉美の瞳を見つめて微笑んで言った。

「泉美さんやったね。明日、工房をご案内させていただこうと思いますが、どないどすか」

泉美は前にも不思議に思ったことがあった。金平糖のイガイガは、どうしたらできるのかと。それを知る機会はめったにないと思い、即答した。

「はい、よろしくお願いします」


哲蔵は正直、驚いた。

ついこの前、高校生の男の子から替わった、若い新聞配達の女の子のことである。大学生か、それともフリーターなのかは知らない。だが、数ある仕事の中で、早朝からのアルバイトをわざわざ選んだことは立派だと思っている。

ただ、前任の高校生の男の子が、まるで時計で測ったかのように、毎日三時五十五分に配達に来たのに比べて、少々遅い。それに、挨拶や態度に覇気《はき》というものが感じられない。今日も、「遅い！」と発破《はっぱ》をかけてやろうと、腕時計を見ながら玄関先で待ち構えていた。ところが、である。三時四十分に現れたではないか！

「おはようございます！　丹波さん」

まだまだ声は小さいが、なかなか気骨がある。もっと鍛《きた》えてやろうか……などと考え、思い止《とど》まった。また嫌われるのがおちだ。

それよりも、哲蔵は娘の愛華に電話をすべきかどうか迷っていた。そろそろ妻の法事《ほうじ》の打ち合わせをしなくてはならない。前はあれほど、毎週末には孫の麻菜を連れて夫婦でやって来たというのに、もう半年も顔を見せない。

わかっている。自分のせいなのだ。またしても、昔の同僚の言葉が思い出される。

「気ぃついてもなんも言わん。見て見ぬフリや。それで家庭も平和になるし、『お爺ちゃん、お小遣いちょうだい』言うて甘えてくれたら嬉しいやろ」

そんなことは、わかっている。わかっているのだが、口に出てしまうのだ。

そんなモヤモヤする気持ちを抱えて、哲蔵は気晴らしに散歩に出掛けた。帰り道、いつもの児童公園を突っ切ろうとすると、ベンチの脇に空き缶が転がっているのに気付いた。辺《あた》りを見回したが、ゴミ箱がない。仕方なく、拾った。

その近くに、タバコのカラ箱がくしゃくしゃにして捨ててあった。それも拾う。あちらにもこちらにもゴミが目に付いた。「ついでや」と思い、デイパックからコンビニのレジ袋を取り出し、拾い集めた。

少し疲れた。腰も疼《うず》く。帰って昼寝でもしようと歩き始めたところ、すぐ近くのベンチに座っていた子どもが、アイスキャンディの袋をポイッと目の前に捨てた。

たぶん五歳くらいだろう。哲蔵は、

「こらこら、あかんで。拾いなさい」

と注意した。自分ではやさしく言ったつもりだ。でも、なぜかその子は泣き出してしまった。ひょっとして、顔つきが怖いのだろうか。

「何するんですか！」

その声に振り向くと、母親らしき女性が、怯《おび》えるような眼をして立っている。一瞬眼が合ったかと思うと、子どもを抱きかかえて逃げるようにして去って行った。

（どうやらわしは、この街の嫌われ者になってしまったようや）

溜息を一つつき、空を見上げた。

哲蔵は、淋《さび》しさに押し潰《つぶ》されそうになった。

肩を落として家路に着こうとしたその時、目の前をサッカーボールが転がって通り過ぎた。そのボールを追い、小さい男の子が道路へ飛び出した。

「危ない！」

哲蔵は、無意識に駆け出していた。


翌日の土曜の午後、泉美は、もも吉に付き添われて緑寿庵清水を訪ねた。

京都とはいえ山あいの町で育った泉美でも、幼い頃から名前をよく聞く名店である。たしか両親が結婚式の引き出物にしたと聞いたことがある。でも、お店に入るのは初めてだった。昨日、大沼からこんなことを言われた。

「早《は》よ記事が書きたいて言うてたなぁ。明日は、せっかく金平糖作るところを見学させてもらえるんや。取材のつもりで話を聴いて原稿にしてみたらええ。もし上手《うま》く書けてたら、デスクに掛け合って『京の甘いもん』に載せてもらえるよう話したるさかい」

「京の甘いもん」は、京都タイムスで長く続いている連載コラムだ。泉美は思わぬ展開に胸が躍った。

「清水さん、よろしゅうお頼《たの》申します」

同行してくれたもも吉が、恭《うやうや》しく頭を下げる。

それに倣《なら》って、泉美も深くお辞儀をした。早々に女将から尋ねられた。

「泉美さん、金平糖ってどないして作るんかご存じどすか？」

泉美が首を横に振ると女将は、小さな白い粒々を手のひらに載せて見せてくれた。

「これは『イラ粉《こ》』言います。直径〇・五ミリ。もち米を細かく砕《くだ》いたもんが金平糖の核になります。傾《かたむ》けた回転する大釜《おおがま》の中に『イラ粉』を入れて、丁寧《ていねい》に蜜《みつ》を掛けていくんです。百聞《ひやくぶん》は一見《いつけん》にしかず、御覧《ごらん》いただきましょう」

　そう言い、女将は店の奥にある小さな扉《とびら》を開けて、「どうぞ」と促してくれた。

　すると、目の前にガラス張りの部屋が現れた。

　そこには、大釜が四つゆっくりと回転し、四人の職人が金平糖と睨《にら》めっこしつつ作業をしていた。ザザーッという音がして、釜の中を金平糖が転がり続ける。職人が、ときおりコテを釜の中に入れて、金平糖をかき回す。そして、蜜をサーサーッと掛けていく。

　泉美はびっくりしてしまった。「大釜」と言うのでどれほどの大きさなのだろうと思っていたら、人の背丈ほどもあるではないか。

「回転する釜の中で、イラ粉が上から下へと転がります。イラ粉の釜に触れた部分にかかった蜜が乾くと、少しだけ堅いところができます。その部分が僅《わず》かに出っ張ってイガが生まれます。すると、またその出っ張りに蜜が付きやすくなる。そのようにして、イガイガが伸びていく。金平糖の状態をよう見ながら、蜜の濃度や釜の傾斜、回転速度を調整していきます」

　泉美は尋ねた。

「四人の職人さんが作ってはりますが、レシピみたいなものがあったら、見せていただくことはできますでしょうか？」

「レシピはございません」

「え？」

「驚かはるのも無理はない思います。たぶん、大きなお菓子屋さんほど、きちんとしたレシピがある思います。それは、誰が作っても同じもんがでけるようにするためや思います。そやけど金平糖は、レシピを作ろう思うてもでけへんのです」

「どうして……」

泉美は、どんどん金平糖に魅《み》せられていくのがわかった。

「釜の中を転がる金平糖に、五感をフルに働かせて釜の温度や蜜の濃度を調整します。季節や気温、湿度でも変わります。その五感の中でも、一番に大切なんが『音を聴く』ことやて聞いてます。転がる『音』で、今、金平糖が何をしてほしいんかがわかる。たとえば『ここへ蜜掛けて』て要求しはる部分に、蜜をかけるわけです。ちょっと眼ぇを離した隙《すき》に溶けたり焦《こ》げたり、はたまたイガが丸うなってしまいます。そやから、朝から晩まで釜の前で一瞬たりとも気ぃが抜けへんのです」

泉美は、金平糖なんて、自動化された機械で簡単に作れるものだと思っていた。いったい、どれくらいで完成するのだろう。その疑問を察したかのように、女将が教えてくれた。

「朝から晩まで八時間、釜の中の金平糖にコテを入れては蜜を掛け続けます。三日目で突起が出てきて、八日から十日目でようやくイガが出揃《でそろ》います。それから……」

驚いて、思わず声が出た。

「十日ですって？」

「種類によりますけど、出来上がりまでに十四日から十六日かかります」

「……」

泉美は言葉を失った。ポイッと口に入れ、すぐに消えてしまう金平糖が、なんと十六日間もかけて作られたものとは思いもしなかった。

泉美は、ものすごい熱気にフッと目眩《めまい》を覚えた。

「あの～暑くて気分が……」

「それはあきまへん。外へ出ましょう」

泉美は、冷たい水をもらい一息に飲み干した。

「もも吉お母さんもどうぞ」

もも吉も、水を口にしながら言う。

「おおきに。ガラス越しに工房を見させていただいているだけやのに、うちもボーッとしてしまいましたわ。職人さんらはえろうたいへんどすなぁ」

　女将が、真剣な眼差しになって答えた。

「五十度、夏だと六十度にもなります」

「え？　そないに？」

　泉美は飛び上がらんほどに驚いた。

「さっき、工房で正面にいたのが当家の五代目、うちの主人です。実は昔、甲子園《こうしえん》に二度出場したことがあるんですが、この仕事は、真夏の炎天下の甲子園のグラウンドよりもしんどいそうです。そやから、二週間も続けられる気力と集中力が必要やそうです。ちょっと眼ぇ離してしもうて、大釜全部だめにしてしまうこともあります」

「え～、それはたいへん」

「主人が修業始めたすぐの頃のことやそうです。主人が失敗して落ち込んでるのを、四代目の父親が見て、『ああ、火ぃの加減があかんかったんやろなぁ』て一言だけ言わはったそうです。いっそ怒られた方が楽やったて。それ以来、主人は一瞬の脇目も振らずに、釜に向かっているそうです。金平糖職人の間では『蜜掛け十年、コテ入れ十年』て言われてます。つまり二十年修業してようやく一人前やいうこと。それでも主人は二十年経っても、いまだに満足はでけへんて言うてます。今日より明日《あす》、明後日《あさって》は、もっともっと美味しいもん作ろうて窯に向《お》き合うてます」

帰り道、泉美が放心状態で黙り込んでいると、もも吉が声を掛けてくれた。

「泉美さん、どうやらわかってくれたようやな」

「はい。もも吉お母さんが、『どないな仕事も単純そうに見えても奥が深いもんや』て言わはったこと、ほんまにそうやなぁて……」

するとももも吉が、意外な話を聞かせてくれた。

「清水の女将さんのお話聞いて、昔、お茶屋の女将してました頃、有名な作家さんから教えてもろうたことを思い出しましたんや。それと金平糖作りも似てるなぁて」

「どういうお話ですか」

「『書く』いうんは、ある程度練習したら案外簡単なことやそうどす。そやけど、たいへんなのは、『書く』までの取材やて言うてはった。取材、つまり『きく』ことが『書く』ことの命なんやて。泉美さんも、『きく』いうんは三種類の漢字が当てられるの知ってはりますなぁ」

「ええっと、伝聞《でんぶん》とか外聞《がいぶん》の『聞く』と、傾聴《けいちょう》とか傍聴《ぼうちょう》の『聴く』ですね。それから……」

「訊問《じんもん》の『訊く』や。それぞれ意味が違《ちご》うてる」

「はい」

「聞く」は、黙っていても聞こえてきてしまうこと。「聴く」は、こちらから意識して聴きにいくこと。だから、漢字の中に、「心」という文字が入っている。そして、「訊く」は、もっと突っ込んで尋《たず》ねることだ。もも吉が続ける。

「金平糖作りに特に大切なんは、金平糖の声を『聴く』ことやて清水さんは言わはりましたなぁ。でも、それはきっと、耳を澄《す》ませてるだけではあかんのやと思いました。こちらから、『どないやろ、そろそろ蜜掛けまひょか、それとも火ぃ強うしまひょか』て、訊いておられるんやろうなぁて」

泉美は、もも吉が、そこまで深く女将さんの話を受け取っていたとは思いもよらず、感心してしまった。

「泉美さん、ええ新聞記者になりなはれ。金平糖に負けへんように、ぎょうさんの人の話、聴いて訊いて、ええ記事書きなはれ」

「はい、もも吉お母さん」

泉美は、胸の内で何かが弾《はじ》けたような気がした。そして、金平糖が舌の上で溶けていくようにもも吉の言葉が心に沁《し》みていった。

泉美は、緑寿庵清水の工房を見学した翌日から、新聞配達への思いが一変した。金平糖一粒を作るのに、まさか二週間。一人前の職人になるのに、実に二十年もかかるとは。新聞配達を始めて、まだ数日の自分が愚痴を零《こぼ》していたことが、恥ずかしくなった。

とにかく、今の自分にできること。

それは、一軒一軒、心を込めて新聞受けに新聞を入れることだ。それまでは、ポイッと突っ込んでいた。新聞受けも大きさが異なる。四つ折りにしないと入らない所もある。それに合わせて、できるだけ新聞が潰れたりしないように投函《とうかん》するのだ。

そうして丁寧に丁寧にと心掛けるうち、配達先の人と顔見知りになった。商店街の中にある、豆腐《とうふ》屋「大野《おおの》」の女将さんだ。新聞配達と同じように、朝が早い。泉美が郵便受けに新聞を投函する時刻には、すでに店内は灯《あか》りが煌々《こうこう》として、ガラス窓越しに忙《せわ》しなく働くご夫婦の姿が見える。

店の前まで行くと、ときおり泉美の姿に気付き、ガラス戸を開けて「おはようさん」と言い、新聞を受け取ってくれることがある。泉美はこの仕事を始めて、手から手へと新聞を渡すこの瞬間が一番嬉しいことに気付いた。思わず、頬が緩《ゆる》んでしまう。

夕刊を配達し終わって販売所に戻る時、店の前を通りかかると、

「いつもご苦労さん。豆乳《とうにゅう》飲んで行きなはれ」

と、女将さんに声を掛けられた。

「え？」

「朝は大忙しやさかい、かんにんや。たしか、この春から配達してくれてる娘《こ》やね。新聞受けにトンッて新聞を放り込むんやのうて、そっと入れてくれてるやろ。いつも、ああこの娘さんは心があるなぁ〜て思うてたんや」

「は、はい」

泉美は驚くと共に、見ていてくれる人がいたことが嬉しかった。

「うちら、やわらかいもん扱《あつこ》うてるさかい、物を手に取ることに敏感《びんかん》なんや。ギューッて握ったら崩れてしまうさかいになぁ」

そう言うと、湯飲みに豆乳を汲《く》んで差し出してくれた。

「おおきに、いただきます」

「どないや？」

「美味しいです」

心の奥まで温まる気がした。そこへ、奥からご主人が出てきた。

「おう、丹波の爺《ち》さん家へ行ってくるな」

と言うと、女将さんが透明なビニール袋に入った豆腐を手渡した。少々、角が崩れているように見えた。思わず泉美は、訊いてしまった。

「あの～丹波さんて、すぐそこの家の……」

「そうや。あんた、丹波さんの知り合いか？」

と、ご主人は急に訝《いぶか》しげな顔つきになった。

泉美は、もも吉から言われた言葉が、ずっと頭の中でグルグルと回っていた。

「耳を澄ませているだけでは美味しい金平糖がでけへんのと同じや。ぎょうさんの人の話、聴いて訊いて、ええ記事書きなはれ」

今はまだ記者ではないが、新聞配達を続けるうちに、「気になって」仕方がなく、もっともっと「知りたい」ということが、心の中にもくもくと雲のように湧《わ》き上がってきた。それは、丹波のお爺さんのことだった。

どうして、あんなに朝早くから、表に出ては新聞が来るのを待っているのだろう。

独り暮らしだと悠真君からは聞いているが、家族はどうされているのだろう。はたまた、仕事は何をされていたのか。

さらに泉美は思った。いつも強面《こわもて》なのは、何か深い理由があるのではないかと。

「この娘さん、新聞配達員さんや。それでいつもご苦労さんて、今、うちの自慢の豆乳をご馳走《ちそう》したところや」

と、女将さんが口添《くちぞ》えしてくれると、ご主人の固い表情が解《ほど》けて笑顔になった。

「そうかそうか、いつもうちで噂《うわさ》してたんやで。ほんま丁寧に新聞受けに入ってるて。その前は、ギューと押し込んであったさかい」

「ありがとうございます……実は私、こういう者なんです」

そう言い泉美は、恐る恐る胸ポケットから社員証を差し出して見せた。まだ正式な配属前なので、名刺を持っていないのだ。

「なんやなんや、あんた京都タイムスの社員さんかいな」

「はい、研修の一環で新聞配達をさせていただいております」

「そうやったんか、それはご苦労さんなことや」

泉美は、思い切って胸の内を打ち明けることにした。

「実は、毎朝、丹波さんの家に配達に行くと、玄関先に出られて私が来るのを待っておられるんです。前任の高校生のアルバイトさんから、三時五十五分までにお届けするようにて引き継ぎしていまして」

「なんやて、丹波の爺さん。そないなことしてはるんか？」

豆腐屋「大野」の夫婦は、びっくりして顔を見合わせた。と同時に、二人ともなにやら悲しげな表情になった。

「実は私、なんでそんなに早い時間に表まで出て、新聞が来るのを待っていてくださるのか不思議やったんです。新聞が好きでいてくださるのは嬉しいんですけど……」

泉美の疑問に、ご主人が答える。

「淋しいんやなぁ、きっと。それで、人恋しくて、新聞配達の人とちびっとでも話がしとうて待ってるんや思う」

「うちもそう思う」

と、女将さんも頷いた。そして夫婦は、代わる代わる話を聞かせてくれた。

丹波さんは、以前、青果卸売協同組合に勤めていたという。早起きなのは、その頃の習慣が抜けきらないかららしい。

定年退職してからしばらくは契約社員として勤めていたが、リストラに遭って辞めさせられてしまった。まだまだ充分に働けるどころか、京野菜についての知識は誰よりも詳しくて、惜《お》しむ人も多かったという。

今まで、仕事一筋で趣味も何もない。娘は結婚して、家を出た。そこへ一昨年、奥さんが亡くなってしまった。

「ちょっと前までは、娘さん夫婦が孫を連れて、しょっちゅう遊びに来てたんやけどなあ。実は、その娘さんいうんは、うちの娘の中学の同級生でなぁ。仲が良うて、今でもちょいちょい豆腐買いに寄ってくれるんよ」

　と、女将さんが言う。ご主人が話を続けた。

「娘さん、言うてはった。孫がでけて、最初はものすごう可愛がってくれてたそうなんや。そやけど大きゅうなるにつれて、箸の上げ下ろしとか言葉遣いとかを注意するようになったんやて。それが原因で言い合いになって行きづろうなったそうなんや」

「そうでしたか……」

「よう『おせっかい』とか『いらんお世話』と言うけど、爺さんのはちょっと違《ちご》うてるんや。小うるさいことは確かなんやけど、ほんまに人のこと心配してしまう質《たち》なんや。言い方も不器用やし、よう怖い人やて勘違いされるんや」

「たしかにちょっと怖いです」

「そうやろ、アハハ！」

　ご主人が、声を上げて笑った。

「丹波の爺さんな、奥さんが病気になる前は、長いこと町内会の役員して子どもらの世話をしてはった。小学校の下校時には横断歩道で旗持って立ったり、お祭りん時にお巡りさん呼んで交通安全の講習会開いたりもしてなぁ。そうやそうや、保護《ほご》司《し》をやってはったこともある。非行に走った子を会社に頼み込んでアルバイトで働かせて……警察から表彰状ももろうてるはずやで。あんたんとこの新聞にも、その時の記事が出てるはずや」

「え⁉　そうなんですか」

泉美は、驚くばかりだった。

「それで、そのお豆腐は、丹波のお爺さんのところへ配達ですか？」

「ううん、そやない。実は、娘さんから頼まれてなあ。こうして時々、豆腐を持って様子を見に行ってるんや。前に心臓の病気で倒れはったことがあってな。娘さんも心配してはるんや。そやけど、血の繋《つな》がった親子ほど難儀《なんぎ》なもんはない。どっちも意地《いじ》になる。それで、崩れて売りもんにならへん豆腐ならバレへんやろうと、届けがてら、様子見に行ってるんや。それで、『今日も元気やったでぇ』て、娘さんに連絡してあげてな」

女将さんが言う。

「うちの人、ここらの民生委員《みんせいいん》なんよ。そやけどこれは民生の仕事とは違《ちご》うて、ただのおせっかいで引き受けたことなんやけどね。丹波のお爺ちゃんと一緒や」

「なんやて」

とご主人は、女将さんと眼を合わせつつ苦笑いした。泉美は事情を知って、丹波のお爺さんのことがもっともっと知りたくなってしまった。明日は、自分から何か話し掛けてみようと思った。女将さんが、急に思い出したように言った。

「そやそや。ついこの前のことや」

「なんですか?」

「あのな、うちが買いもんに出掛けて、そこの児童公園を通り抜けて帰ろうとした時のことや。急に、小さい男の子がサッカーボールを追い掛けて、道路に飛び出したんや。そこへトラックが来てな。うちは『危ない!』て叫んだんやけど、遠くて聞こえるわけはあらへん。そん時や。丹波のお爺ちゃんが、その子を抱えたかと思うたら、二人して道路に倒れたんや。
キ、キーッ!
というブレーキの音に驚いて、公園にいたみんなが一斉《いっせい》にそっちへ眼ぇ向けた。トラックの運転手は、茫然《ぼうぜん》としてハンドル握ったまま動かへん。ギリギリセーフや。駆け寄って男の子を抱きしめる母親に『母親やろ、おしゃべりに夢中なんはええけど眼ぇ離さんと見とらなあかんで』て。丹波のお爺さん、そのあと、なんや気まずそうな顔つきになって、『よかったなぁ、なんもなくて』て言うて、帰りはった」

ご主人が話を続ける。

「丹波の爺さん、なんや倒れ込んだ時に足を挫《くじ》いたらしい。片足を引きずって歩いてはったいうんで、その晩、わしがシップ持って様子を見に行ったんや」

「それで……」

「紫に腫《は》れてた。大丈夫やて言うてたけど、ほんまはけっこう痛かった思うで」

そこまで話を聴いた時だった。

泉美の後ろから、急に声が聞こえた。振り返ると、四、五組の子ども連れのママさんの一団がいた。そのうちの一人が、豆腐屋の夫婦に尋ねた。

「あの～今、通りかかってチラッと聞こえてしまったんですけど……」

女将さんが返事した。

「はい、なんですやろ」

「さっきのお話で、道路に飛び出したのは、この子のことやと思うんです」

と母親は、やんちゃそうな顔つきをした男の子の頭に手を置いた。

「え⁉　なんやて」

「もし、お爺さんが助けてくれなかったら、どうなっていたことか。気が動転《どうてん》していて、お礼を言わなて思うた時には、お爺さんの姿はなくなっていて……」

後ろのママ友たちが、次々に言う。

「うちら、命の恩人のお爺さんをずっと探してるんです」

「でも、あのあと、児童公園では見かけなくて」

「今、丹波さんて言うてはりましたよね、お住まいはどちらですか?」

泉美は、思わぬ展開に驚くばかりだ。ご主人が答えた。

「話はようわかりました。そやけど、すぐには教えられへん。ちょっと気難《きむずか》しい御《ご》仁《じん》なんや。連絡先を教えてもええか本人に尋ねてみるさかい、時間くれるやろか」

男の子の母親は、すがるような顔つきで言った。

「はい、どうぞよろしくお願いいたします」


五月に入った。

泉美は、いまだに早起きは辛いが、丹波のお爺さんには、きっかり三時五十五分に手渡ししている。でも、残念なことに、なかなか親しく会話をすることができない。

「いつもお元気そうですね。健康の秘訣《ひけつ》はなんですか」

などと訊いてみたりしたが、

「おしゃべりせんと早よ行きなはれ」

とそっけない。今日も、午前三時五十五分を目指し、真っ暗闇の街を重い新聞の入ったバッグを肩に掛けて泉美は走った。

「おや？」

表に、お爺さんの姿が見えない。玄関の中の明かりもついていない。まさか、お爺さんの方が寝坊？　それとも旅行？　とりあえず、新聞受けに投函し、次の家へと向かった。しかし、泉美は気になって仕方がない。最後まで配り終えたら、もう一度戻ってみよう。そう思ったが、心のモヤモヤがますます膨らんでいく。

「エイッ！」

と口に出して引き返した。呼び鈴を鳴らすが返事がない。何度も鳴らす。まだ夜は明けない。大声を出すと、ご近所に迷惑になる。きっと旅行だ。娘さんたちと一緒に出掛けているに違いない。でも、でも……もしかして……。

泉美は、バッグを抱えたまま、豆腐屋「大野」へと駆け出した。


哲蔵は、「あの日」トイレに行き、立ち上がろうとして胸を軽く締《し》め付けられるような違和感《いわかん》を覚えた。便座に座って様子を見ていると、ほどなくして治まった。もう一度寝ようと思い立ち上がったところで、今度は胸を猛烈な痛みが襲《おそ》った。

記憶があるのはそこまでだ。意識が戻ると病院のベッドの上にいた。

看護師から聞いた話では、トイレで倒れているところを発見され、救急車で病院へ搬送《はんそう》してもらい一命を取り留めることができたという。なんでも、新聞配達の女性が豆腐屋に駆け込み、そこから警察と救急に連絡をしてくれたらしい。

手遅れになってはいけないので、電話で娘の承諾《しょうだく》を取り、玄関のドアの鍵を壊して家の中に入ったのだという。

病状が安定した頃、豆腐屋の大野夫妻がお見舞いに来てくれた。

「あん時、新聞配達の女の子が『おかしい』て思てくれへんかったら、あんた今頃、あの世で奥さんに会《お》うてたはずや」

と、豆腐屋の店主が言う。

「そうそう、丹波さん、ほんま運が良かったわ」

と奥さんが微笑んだ。

「あの娘《こ》にお礼が言いたいんやけど、連絡取ってくれへんやろか」

哲蔵は二人に頼んだ。

「まあまあ、それは退院してからにしなはれ。まずは身体を治すことが大事や」

たしかにその通りだと思った。退院して家に帰れば、毎朝、新聞を届けに来る際《さい》にあの娘に会えるのだから。

思うよりも入院が長引き、哲蔵が家に戻れたのは六月の半ばを過ぎてからだった。自宅で療養しながら、通院して経過《けいか》を観察することになった。足が遠のいていた娘家族も、頻繁に会いに来てくれるようになった。

孫の麻菜と一緒に、庭の一角に京ニンジンの種を蒔《ま》いた。麻菜は、「芽よ出ろ、芽よ出ろ」と言っては、一生懸命に水遣《みずや》りをしてくれている。自分で育てたニンジンなら、きっと食べられるに違いない。なにしろ、京ニンジンは、西洋ニンジンよりも甘味が強いのだ。平穏《へいおん》な日々が戻った。

さりとて気にかかるのは「あの娘」のことだ。退院してしばらくは、あえて朝寝坊するように心掛けていた。目は覚めてしまうが、じっと我慢して布団の中でラジオを聴いていた。もうそろそろ……と思い、入院前のように三時五十五分に玄関先に出て待ち受けていたら、そこに現れたのは以前の高校生の男の子だった。

訊けば、「あの娘」は辞めてしまったという。

幸いなことに、医師からは「適度な運動をしてください」と言われたので、散歩がてら京都タイムスの販売所まで出掛けた。「あの娘」の連絡先を教えてほしい、と頼んだ。ところが店主は、個人情報うんぬんと面倒なことを言い出した。「もうええ」と言い放ち、帰ってきてしまった。

そうだ、豆腐屋の夫婦に訊けばわかるはずだ。昼ご飯を食べてから、もう一度出掛けることにした。児童公園を通り抜けるのが、商店街への近道だ。ジャングルジムの横を歩いていたら、声を掛けられた。

「あの時は、たいへんお世話になりました」

「……？」

「この子を助けてくださって」

男の子の顔を見て思い出した。トイレで倒れる少しばかり前の日に、ボールを追い掛けて道路に飛び出し、車に轢《ひ》かれそうになった子だ。

母親は手を握ってきた。抗《あらが》おうとするが力が強くて放してくれない。

「ありがとうございます。ありがとうございます。ほんまにほんまに……」

ペコペコと頭を下げて、何度も礼を言われた。そこへ、子連れのママ友たちが近づいてきた。気付くと哲蔵は、ぐるりと囲まれてしまった。そのうちの一人が言う。

「ごめんなさい。私たち謝らなくてはいけなくて……」

「……？」

いったい何のことか哲蔵にはわからない。

「うちの子が靴のままベンチで飛び跳ねていた時、叱っていただきましたよね」

他の母親が言う。

「うちの子も、アイスの袋をポイ捨てした時、注意してくださって。誤解していたんです。命がけで子どもの命を助けるような素晴らしい方なのに。子ども会の世話役とか、保護司もされておられたそうですよね、丹波さん」

え？　……いったいどうして自分の名前を知っているのだろう。

哲蔵は面倒《めんどう》なことになったと思った。口の軽い誰かがしゃべったに違いない。ふと、豆腐屋の夫婦の顔が浮かんだ。別に、誰かに感謝されたくてやっていることではない。ただの、おせっかい。ついつい、口も手も出てしまうだけなのだ。だから、お礼を言われるのは、かえって苦手《にがて》なのだ。

「失礼……」

そう言うと、母親たちの人垣をかき分けて、逃げるようにしてそこから立ち去った。

研修を終えて、泉美の正式な配属先が決まった。洛西《らくさい》支局である。着任後、いきなり事件が起きた。市役所の土木事業の汚職《おしょく》が判明したのである。泉美は、本社社会部の大沼と共に、警察署と役所、それにゼネコンを行ったり来たり。久し振りに家に帰っても、少しだけ仮眠を取ってまた出掛けるという生活が続いた。

あれほど、早く取材をしたいと望んでいたのに、いざ現場に出ると先輩たちに迷惑を掛けないように、ただ必死についていくだけで精一杯だった。それでも泉美は、金平糖の工房を見学させてもらった時のことを片時も忘れない。ポケットから金平糖のケースを取り出して、一粒口に放り込んで呟いた。

「金平糖には負けへんでぇ」

ようやく汚職事件の全容が明らかになった頃には、街には祇園祭《ぎおんまつり》のお囃子《はやし》が聞こえるようになっていた。

「あの日」、もし豆腐屋のご夫婦のところへ駆け込まなかったら……と思うと、泉美は今でもゾッとする。ご主人の判断で、すぐに警察と救急車を呼んだため、丹波のお爺さんの命を救うことができたのだ。

警察署から、泉美と豆腐店のご夫婦を、人命救助で表彰したいと申し出があった。ご主人は、「民生委員の仕事をしただけや」と辞退した。泉美も、「当たり前のことをしただけです」と丁重《ていちょう》にお断りした。

丹波のお爺さんのお見舞いに行きたかったが、仕事が忙しくて、とても時間の余裕がなかった。退院が長引いていると聞いていたので、心配で心配で仕方がなかった。たびたび「遅い！」と叱《しか》られた新聞配達が、今では懐《なつ》かしくさえ思える。できることなら、また叱られたいとさえ思った。「今日こそ、お見舞いに行こう」と思うのだが、そんな日に限ってデスクに呼び出されるのだ。

今日も朝から、記事の書き直しを命じられ、ずっとパソコンと格闘《かくとう》していた。すると、正面玄関の受付から電話が入った。

「受付の田中です。社会部の橘さんですか」

「はい、橘です」

「今、玄関に、橘さんに会いたいとおっしゃる方がいらしてます。アポはございますかとお尋ねしたら、アポがないと会えないのか！　と少し大きな声を出されて……」

近くにその訪問者がいるのか、ひそひそ声だ。

「え⁉　どなたですか」

「丹波様です」

「あっ、知ってます、知ってます。すぐ行きます」

泉美は、部屋を飛び出し、エレベーターホールまで駆けた。ところが、いっこうにエレベーターが来ない。ようやく来たと思ったら、満員で乗れないではないか。そばにいた総務の人が、イライラしている泉美に声を掛けてくれた。

「さっき、一つ上の八階ホールでやってた市民講演会が終わったとこやさかい、しばらくエレベーターは乗られへんで」

泉美はエレベーターを諦め、階段を駆け下りた。このところの疲れが溜《た》まっているのか、足が思うように動かない。二階まで来たところで、膝《ひざ》がガクガクする。

ようやく、エントランスホールにたどり着いた。

受付の近くに立っている丹波のお爺さんと眼が合った。

こちらが会釈をしようとする前に、大声がホールに響き渡った。

「遅い！」

「はい！」

泉美が返事をすると、仁王立ちになっている丹波のお爺さんは、さらに大きな声で言った。

「まだまだ声が小さいで！」

「はい‼」

二人の声に、周りにいる人たちが何事かと驚いて振り向いた。

「おおきに、泉美さん。おかげで命拾いしたわ」

と言い、丹羽さんは深々と頭を下げた。

泉美は駆け寄り丹波さんの手を取った。

「よかった〜よかった〜」

泉美は、頬に伝う涙を指で拭った。

「なんや、あんた泣いてるんか？」

泉美は微笑んで言った。

「お爺ちゃんこそ」

丹波の瞳は真赤にうるんでいる。

丹波は、ハッとした表情をすると、今にもあふれようとする涙を慌てて拭った。

「お爺ちゃんが笑うの、初めて見ました」

「年寄りをからうもんやない」

そう言い、丹波はポッと顔を紅らめた。

第三話　夢に見る　祇園の舞妓になりたくて

ガラガラッと表の格子戸《こうしど》が開く音がしたかと思うと、下駄《げた》の音が鳴った。

襖《ふすま》が開くなり、

「あ〜もう暑《あつ》うてかなわんわ」

と青息吐息《あおいきといき》。もも吉庵《きちあん》へ入って来たのは建仁寺塔頭《けんにんじたっちゅう》の一つ、満福院《まんぷくいん》の住職・隠《いん》源《げん》だ。息子で副住職の隠善《いんぜん》も一緒である。菖蒲《しょうぶ》の図柄の扇子《せんす》を忙《せわ》しなく扇《あお》ぎ、

「まだ五月になったばかりいうのに、陽射しはもう真夏や。ばあさん、冷たいの飲ましてくれ」

と言いカウンターの奥に座った。

「隠源さん、こんにちは。ほんま暑うおすな」

と、屋形《やかた》「浜《はま》ふく」の女将《おかみ》、琴子《ことこ》は挨拶《あいさつ》した。祇園《ぎおん》では、舞妓《まいこ》や芸妓《げいこ》を抱える置《おき》屋《や》のことを屋形と呼ぶ。隠善も、

「温暖化いうんはほんまですね。早々と法衣《ほうえ》も紗《しゃ》に衣替えしました」

と言い、袂《たもと》から手拭いを取り出して、首筋を拭《ふ》いている。

もも吉の娘の美都子《みつこ》が、

「へえ、すぐに冷たいお水、お持ちしますね」

と言うと、もも吉がそれを制した。代わりに自分が奥の間に入っていくと、少し

して盆を手に戻ってきた。

着物はクリーム地で破れ格子柄《こうしがら》。白地の染めの帯に青もみじの柄。帯締めは濃い緑である。

「どうぞ、じいさん」

と、隠源の前に置かれたのは、湯気《ゆげ》の立つ湯飲みだった。

「なんやばあさん、甘酒《あまざけ》やないか。それも熱々や」

「暑気払《しょきばら》いには、熱い甘酒て昔から決まってます」

「そんなこと言うて、ただのイケズやないか」

しかし、

「では、僕がいただきます」

と隠善が言うと、渋々ながらも隠源は湯飲みを手にした。フー、フーと口を細める。

「あ～熱い。悔《くや》しいけど、たしかになんや暑さが飛んでいくから不思議や」

琴子が、

「もも吉お姉さん、うちもいただいてよろしおすやろか」

と頼んだ。ところが、

「隠善さんもお琴ちゃんも、こないな暑い日ぃに、わざわざ熱い甘酒なんて飲まんでもよろし。今日は、冷た〜い麩《ふ》もちぜんざいを用意してあるさかい」

「な、なんやて！」

と、隠源が顔から流れる汗を拭《ぬぐ》いつつ甲高《かんだか》い声を上げた。

「やっぱりイケズやないか」

琴子は、思わず吹き出してしまった。このところ、心にモヤモヤとしたものを抱えており、この二人のいつもの愉快な会話に癒《いや》される気がした。

「冷やし麩もちぜんざいの上に、塩麴のソフトクリームを載せますんや。その分、ぜんざいの方は、お塩を控えめにしてあるんえ」

「あ〜もう講釈《こうしゃく》はええから、早《はよ》う出してえな」

と隠源が、甘えた声を出してせがんだ。

もも吉と琴子は、苦しい時、辛《つら》い事があった時、なんでも言い合って互いに涙してきた。「泣く」ということは悪いことばかりではない。ストレスを吐《は》き出す、癒《いや》しの効果があると聞いたことがある。

もも吉は、十五で舞妓、二十歳で襟替《えりか》えをして芸妓になった。その後、お茶屋の女将をしていた母親が急逝《きゅうせい》したことから、家業を継いだ。ところが、祖母の時代からご贔屓《ひいき》の政治家と、あらぬ噂《うわさ》を立てられて信用を失った。

『次期総理候補・東出《ひがしで》朔太郎《さくたろう》氏　深夜のキス

『祇園一の芸妓と熱愛！』

などと、雑誌に書きたてられたのだ。真実を申し立てる術《すべ》もなく、店は信用を失いご贔屓の足も遠のいた。

琴子も当時は若すぎて、アドバイスどころか慰めの言葉一つも掛けられなかった。それでも、「甘いもん買《こ》うてきたで」と、用もなく訪ねていっては、なんでもない世間話をしたものだ。

それから何年かが経った春のことだった。

「浜ふく」で舞妓になってまだ一年目の子が、無断で実家に帰ってしまった。

祇園甲部歌舞練場《こうぶかぶれんじょう》で、毎年四月に開催される「都《みやこ》をどり」には舞妓・芸妓が勢揃いして華麗《かれい》な舞を披露《ひろう》する。その舞台で、扇《おうぎ》を落としてしまった。何食《なにく》わぬ顔で、スーッと拾って舞を続けられればよかった。ところが、悪いことに、隣の舞妓の足に当たり、観客席に扇がポーンと落ちてしまった。

観客が波打つようにざわめいた。

笑い声も聞こえた。

そんなことは、長い「都をどり」でも初めての出来事。

舞妓になる時、教え導いてくれる先輩の芸妓と、盃《さかずき》を交わして「姉妹《しまい》」の契《ちぎ》りを交わす。妹の失敗は姉の責任でもある。姉が付き添い、舞の師匠《ししょう》やお茶屋など花街《かがい》の関係者にお詫《わ》びに行かなくてはならないのだ。

姉の芸妓は、舞妓を責めるわけでもなく、「そないなこともある。早いうちに失敗して良かったと思うえ。もし芸妓のうちが同じミスしたら、もう恥ずかしゅうてこの街におられへんわ。ミスするなら今のうちや。さあさあ、今日は早《はよ》う寝て、明日は一緒に謝りに行こな」

そうやさしく慰めたのだが、周りが思うよりも、本人は深く受け止めていたらしい。

舞台を台無しにしてしまった。みんなに迷惑をかけた。その重圧に耐えきれず、お詫びに回る前に実家に帰ってしまったのだ。

やむをえず、女将の琴子は姉の芸妓と共にお詫びに回った。それこそ、針の莚《むしろ》に座るが如《ごと》く辛かった。今度はもも吉が、「お琴ちゃん、今宮《いまみや》さん行った帰りに『あぶり餅』買《こ》うてきたでぇ。一緒に食べよ」と訪ねてきてくれた。今宮神社の東門を出たところに、二軒のあぶり餅を売る店が向かい合って並んでいる。「一和《いちわ》」と「かざりや」だ。「厄除《やくよ》け」のご利益《りやく》があると言い伝えられている。

その時にも、もも吉は何一つ、舞台のことには触れなかった。二人して、歌舞伎《かぶき》の俳優さんの噂話を、ずっとしゃべり続けたことを覚えている。

もも吉とは半世紀以上も前からの親友なのだ。

隠源が木匙《きさじ》を置くと、

「昨日、うちの境内《けいだい》でこんなことがあってなぁ」

と、おもむろに話し始めた。

「檀家《だんか》さんとこ寄って、お茶ご馳走《ちそう》になった帰りのことや。閉門間際《まぎわ》の建仁寺の境内で、親子連れを見かけたんや。『もうすぐ閉まりますよ』て教えてあげよう思うて近づいて行ったら、幼稚園くらいの男の子が石畳の縁《ふち》につまずいて転んだんや」

琴子は、思わず尋《たず》ねた。

「ケガせえへんかったんどすか」

「大事ない思う。そやけど、その男の子、ワンワン泣き出してなぁ。まあ、普通の親やったら、駆《か》け寄って抱きかかえるんかもしれへん。ところが、父親も母親も、一歩も動かずにジーッと男の子のこと見つめてるんや」

「それで、それで」

と、隠善が乗り出した。

「ますます、男の子の泣き声が大きゅうなる。静かな境内に、泣き声だけが木霊《こだま》してなぁ。わては思うたんや。きっとこれは、両親の教育方針なんやなぁ～て。最近は、子どもを甘やかす親が多いんやないかて思う。もっと子どもには厳しゅうした方がええ思てるさかい、見上げたもんやて感心したんや」

隠善が、急に顔をしかめて言った。

「厳しいだけが教育やない。オヤジ、それぞれの家にそれぞれのやり方がある。今時そないなことSNSなんかで言うたら、炎上やで」

「オヤジやない、住職や。まあええ、話はここからや。そのあと、どうなった思う？」

「……」

琴子は、頭をひねった。きっと、母親の方が男の子の泣き声に耐えきれず、駆け寄って「痛くない、痛くない。泣かんでもええよ」となだめたのではないか。

「クイズやってどないするんや。早よ、言いなはれ」

と、もも吉が急《せ》かした。隠源が腕組みをして答える。

「それがなぁ。母親が急にしゃがみ込んで『痛たたたっ……』て大きな声を出さはったんや」

「どういうことやの？」

と、琴子は思わず尋《たず》ねてしまった。

「一目見てわかった。仮病《けびょう》や、仮病。あまりにもわざとらしいんや。それでも、何度も『痛い、痛い』て言うてたら、男の子が立ち上がってな、泣きながらも母親のところへトボトボ歩いて行ったんや。そいで一言、『お母さん、大丈夫？』て心配そうな顔してなぁ」

もも吉が、微笑《ほほえ》んで言う。

「あんたにしては、ええ話するやないか」

琴子は思った。転んだ子どもに駆け寄って抱きしめてやりたいのは、当然の親心だ。しかし、一人で起き上がらせてやりたいというのも親心。その仮病は、咄嗟《とっさ》に出た方便《ほうべん》に違いない。母親の深い愛を感じ、ほろりとした。

隠源が、琴子に向かって言った。

「『浜ふく』さんところは、若い娘さんが何人もいてはる。まだ、子どもといってもええ年齢や。毎日、気苦労が絶えんのやろうなぁ」

花街では、血が繋がっていなくても、目上の人のことを「お母さん」と呼ぶ。琴子は、実の両親から娘さんを預かり、一人前の芸妓になるように育てる以上、命がけの覚悟で「お母さん」を務めなければならないと思っている。

美都子が思い出したように言う。

「そうや、琴子お母さん。舞妓になりたいいう娘さんが来はるそうやね」

「そうなんや、明日《あした》なぁ」

そのことを思うと、琴子は気が重くなった。

「うわ〜なんてきれいなの！」

田辺花音《たなべかのん》は、めったに使ったことのない言葉が、胸の中に浮かんだ。

「うっとり」

だ。瞬《まばた》きするのも惜《お》しくて、じっと舞台の舞妓さんを見つめ続けた。


中学二年の秋、花音たちは京都へ二泊三日の修学旅行へ行った。学校から貸切バスで品川《しながわ》駅へ。そこで東海道新幹線に乗る。友達が話し掛けてくるが、上《うわ》の空だ。パパは会計士で大きな事務所に勤めている。仕事が忙しいせいで、家族で出掛けるのは日帰りがほとんど。そのせいか、家のベッド以外で眠るということが不安で仕方がなかった。

心配したママが、普段使っているピンクの枕カバーを、旅行カバンの中に入れてくれた。でも、友達に見られるのが恥ずかしいから、きっと使えないだろう。誰かが、

「富士山だ！」

と声を上げた。一斉《いっせい》に、右手を見る。雲一つない車窓に白い峰がそびえていた。みんながスマホで写真を撮《と》った。でも、花音の心は曇り空だ。

昼前には京都駅に到着し、バスに乗り込んだ。二条城《にじょうじょう》、金閣寺《きんかくじ》、龍安寺《りょうあんじ》と巡《めぐ》る。どんどん夜が近づき、不安はますます募《つの》った。

大広間での夕食の前に、サプライズのアトラクションがあると聞かされていた。男子は、アイドルグループが来て、歌ってくれるのではないかとはしゃいでいた。

舞台の金屏風《きんびょうぶ》の前に現れたのは、舞妓さんだった。

先生が、マイクで説明してくれた。京都には、花街が五か所ある。そのうちの一つ、祇園甲部というところの、もも奈《な》さんという舞妓さんだという。ものすごく可《か》愛《わい》らしくて、男の子たちが騒ぎ出した。

「し、ず、か、に！」

体育の先生が大声を上げると、すぐに静まった。

年配の女の人が、三味線《しゃみせん》を弾《ひ》くと、もも奈さんが舞い始めた。濃い水色の生地《きじ》に、赤や黄色、そして金色の葉が描かれた着物に溜息《ためいき》が出た。川面《かわも》に流れる紅葉《もみじ》を描いたものに違いない。キラキラと光って眩《まぶ》しく見える。それよりもなによりも、初めて「舞《まい》」というものを見たにもかかわらず、

「なんて上手《じょうず》なんだろう」

と、思った。テレビドラマのシーンで、芸者さんが踊っているところを見たことはある。でも、その時には何も感じなかった。それに比べて何かが違う。これが

「艶《あで》やか」とか「麗《うら》らか」というものなのだろうか。

「うっとり」と見惚《みと》れているうちに、舞はあっという間に終わってしまった。

写真を撮り損《そこ》ねていたことに気付いた。ついさっきまで、不安でたまらなかった修学旅行が一変した。花音は思った。

「私も舞妓さんになりたい」

と。


修学旅行から帰った晩、両親に、友達から転送してもらったもも奈さんの写真を見せて、夢中でその美しさをしゃべった。暗い顔をして出掛けたので、二人とも喜んでくれた。

「ねえねえ、舞妓さんになるにはどうしたらいいの？」

ニコニコ笑っているだけで答えてくれない。

「先生に訊いたら、『浜ふく』という置屋さんから来たんだって。ねえねえ、どうしたらなれるか、電話して聞いてよ」

パパは、

「まあまあ落ち着きなさい。まずは、期末テストの勉強をしなくちゃな」

と言う。ママも、

「踊りがしたかったら、おばさんに教えてもらったらどう？　日本舞踊の名取《なとり》なのよ」

と言うだけで、ちゃんと聞いてくれない。真剣に話しているのに……。

学校の勉強に追われるうち、花音は中学三年になった。

修学旅行以来、もも奈さんの舞姿の「虜《とりこ》」になり、片時も忘れられない。「舞妓さんになりたい」という思いはますます募るばかりだ。もう一度、きちんと両親に相談しようと思い、夕飯の時に話をした。でも、パパは、

「そんな夢みたいなこと、まだ考えていたのか。高校受験が控えているんだぞ」

と相手にもしてくれなかった。ママは、もっとひどかった。

「い～い、花音。お母さんも調べてみたんだけど、舞妓になるには、ものすごく厳しい修業があるのよ。あなたには辛抱《しんぼう》できないと思うわ。パパの言う通りよ、夢は夢だけにしておきなさい」

そう言われて、花音は泣き出してしまった。

「でも……でも……私、舞妓さんになりたいの。もも奈さんのように、みんなの前で舞いたいの」

花音の脳裏《のうり》に、美しいもも奈さんの舞姿が焼き付いて離れない。二人とも、困った顔をして黙り込んでしまった。

それから、十日くらいした夕食の時、パパから話があった。パパの会社の取引先の社長さんの紹介で、もも奈さんのいる置屋「浜ふく」の女将さんが会ってくれることになったという。花音は、パパに飛びついた。

「よかったね、花音。パパによくお礼を言いなさいよ」

「ありがとう！　パパ!!　ママもありがとう」

そうして、花音は、五月の大型連休に再び京都を訪れた。

パパは、急な仕事が入ったため、ママが付き添ってくれた。

八条口からタクシーに乗り、花見小路《はなみこうじ》の十二段家《じゅうにだんや》というしゃぶしゃぶ屋さんの前で降ろしてもらった。スマホの地図を見ながら、小路を右へ左へと曲がって、「浜ふく」にたどりついた。

「遠いところ、ようおこしやす、女将の琴子どす」

「このたびはお時間をいただきまして、ありがとうございます」

と、ママが挨拶した。

「田辺花音です。よろしくお願いいたします」

花音も、ネットでいろいろと調べた。花街では礼儀作法が重んじられると書いてあった。だから、ハキハキと、そして深く頭を下げてお辞儀《じぎ》をしようと決めていた。

「まああ、あんたが花音ちゃんやね。ええ挨拶どすなぁ。さあさあ、お二人ともお疲れになりましたやろ、どうぞこちらへ上がらはって、ひと休みしておくれやす。今、お茶用意《ぶ》しますさかい」

花音は、「ああ、なんてやわらかな言葉遣《づか》いなんだろう」と思った。

お座敷《ざしき》に通されると、女性が座っていた。スーッと立ち上がり、

「こんにちは」

と、挨拶された。慌てて、花音とママもお辞儀をする。なんて美しい人なのだろう。背が高くて、モデルさんのようだ。白いブラウスにネイビーパンツ、それに薄いピンクのカーディガンを羽織《はお》っている。カジュアルな出で立ちだが、花音にさえも、よほど高級なブランドの服だとわかった。

「浜ふく」の女将の琴子が、紹介してくれた。

「こちらは美都子《みつこ》ちゃん。奈々江《ななえ》のお姉さんや」

「え⁉　奈々江？　お姉さん？」

「奈々江言うんは、もも奈の本名でな。お姉さんと言うても、ほんまの姉妹やない。もも奈が舞妓になった時に契りを結んだお姉さんや。お座敷に出る時には、もも也《や》いうんや」

「もも也……え⁉　ということは、美都子さんも？」

美都子が、微笑んで言う。

「そうどす。うちも芸妓させてもろうてます」

「でも、髪が……」

「舞妓のうちは地毛《じげ》を結《ゆ》うんやけど、襟替《えりか》えして芸妓になるとかつらを被《かぶ》ります。そうそう、写真を見せてあげまひょ」

美都子は、スマホを取り出し、何度かタップすると花音の前に差し出してくれた。薄い紫色の着物がパッと眼に飛び込んできた。帯の下に、菖蒲《しょうぶ》が三つ咲いている。

「わあ～きれい」

「お客様が撮ってくれはったんよ」

もも奈の舞を見た時と同じように、「うっとり」として溜息が出てしまった。ずっとでも、眺めていたいと思った。舞妓になりたいと思っていたが、二十歳《はたち》を過ぎると芸妓になるのだと、ネットに書いてあったことを思い出した。

花音は、ますますこの街で働きたいと思った。

「もも奈は今日、お客様に呼ばれて嵐山《あらしやま》の方へ行ってるさかい、代わりにうちが来《こ》さしてもらいました。なんや、もも奈に憧《あこが》れて、舞妓さんになりたいて思われたそうやねぇ。それ聞いて、もも奈も喜んでましたえ」

花音は、もも奈さんがあいにく留守で残念という気持ちよりも、自分がもも奈さんに憧れて舞妓になりたいと思ったことが伝わっていたと聞き、それだけで嬉《うれ》しくなった。花音が返事をしようとすると、ママが遮《さえぎ》って答えた。

「そうなんです。この子、今まではなんでも私の言うこと聞くいい子だったんです。それが修学旅行から帰ってくるなり、『舞妓になりたい』と言い張って。厳しい世界だと聞いておりますので、夫も私も反対したのです。それでも本人が『どうしてもなりたい』と言いますので、こうしてお話を聞きにお伺《うかが》いしました」

琴子が、美都子とちらりと眼を合わせ、苦笑いしたように見えた。琴子が言う。

「何でもお尋ねください。きっと、お母様も不安でいらっしゃる思います。うちでも美都子ちゃんからでも、お答えしますよって」

またママが言う。

「ありがとうございます。こんなこと、伺ってもよろしいのか迷ったのですが……」

琴子が、

「へえ、なんでっしゃろ」

と言ってくれたものの、ママが尋ねたことに花音は恥ずかしくなってしまった。

「舞妓さんというのは、お金に困った家の娘が、人買いに売られてやって来てなる

という イメージがあるのですが……」

琴子と美都子が、同時にフッと口元を緩《ゆる》めて笑った。美都子が言う。

「いつの時代のことか、うちもよう知らしまへんけど、たしかに大昔も大昔はそういうこともあったて耳にしたことはあります。実は、そういう勘違いいうか思い込みしてはる人も多いらしいんどす。そやけど今は、花音さんと同じ動機で舞妓になりたいて言うて来る娘《こ》がほとんどなんですよ」

花音は、思わず声を上げた。

「私と同じですか？」

今度は、琴子が答える。

「へえ、そうどす。修学旅行先のホテルで、花音さんのように舞妓さんの舞を鑑《かん》賞《しょう》したり、偶然に通りで舞妓さん見かけて記念写真を撮らせてもろうたりとか。それで憧れて舞妓さんになりたいて。そんな娘が全国から来はるから、まず言葉で苦労しはりますなぁ。生まれ育った土地の言葉いうんはなかなか抜けしまへんさかい」

ママが、

「そうでしょうねぇ、そうでしょうねぇ。たいへんですよねぇ」

と言い、花音の方を見た。花音にはわかっていた。今日、ここへ来たママの目的は、どれほど舞妓になることがたいへんなことかわからせて、自分から「やっぱり止《や》める」と言わせたいのだ。美都子が琴子の話に続けて答える。

「しんどいとか、辛いとかは、それを受け取る本人次第どす。舞のお稽古《けいこ》一つとっても、お師匠《っしょ》はんに同じように叱《しか》られても、何もなかったように平気な娘もいます。そやかと思うと、その場で泣いてしまう娘もいます。琴子お母さん、花街の習わしや『仕込《しこ》みさん』の一日の仕事とかお話ししといた方がええんやないですか」

「そやねえ。それがええ」

　そう言い、琴子が舞妓や花街のしきたりについて教えてくれた。

　舞妓になるためには、まず「仕込みさん」という修業の段階がある。芸事や花街のしきたり、習わしを仕込むところから、そう呼ばれているという。誰よりも朝早く起き、部屋や玄関、表の掃除をする。炊事《すいじ》や洗濯の手伝いもしなければならない。女将に用事を言いつかって買い物に出掛けたり、夜は舞妓に付き添ってお茶屋まで荷物持ちをする。

　お茶屋が灯《あかり》を落とすのは深夜になってからだ。そのため、舞妓が眠るのは早くても一時過ぎ。「仕込みさん」が寝られるのは、そのあとということになる。もちろん、昼間は舞などを習得するため祇園女子技芸《ぎげい》学校に通うのが一番の仕事だ。それでいて、翌朝にはまた早起きをしなくてはならないという。

花音は、「自分にできるだろうか」と考えた。かなり頑張《がんば》らないといけないことは理解できる。でも、今まで一度も「頑張った」という経験がないから、よくわからなかった。

ちょっと風邪《かぜ》をひくと、ママに「まあ、たいへん」と言われて、学校を休んで病院に連れて行かれた。ママに「身体《からだ》が大切よ」と言われて、テニス部の練習中、熱中症になって病院へ運ばれた。ママに「身体が大切よ」と言われて、テニス部を辞めてしまった。でも、ママの言う通りにしていれば、それで大丈夫《だいじょうぶ》だと信じていた。

一度だけ、ママに口答えしたことがある。中学受験の時だ。

幼稚園の頃からの大の仲良しの香恵《かえ》ちゃんと、同じ中学に行きたかった。でも、花音は模擬《もぎ》試験がC判定。塾の先生は、「受かる可能性もあります。受験だけでもしてみては」と言ってくれた。「よし！　頑張ろう」と思った。でも、出願間際《まぎわ》になって、ママに「止めておいた方がいいわよ」と言われたのだ。

その中学は、歴史ある名門私立で、高校では難関大学を目指す生徒もいた。

「私は、花音なら受かると思っているのよ。ただね、偏差値が高いところへギリギリに滑《すべ》り込むと、従姉《いとこ》の沙也《さや》ちゃんみたいになるかもしれないでしょ」

と言うのだ。沙也ちゃんは、父方の叔母さんの娘で、花音よりも三つ年上だ。

東京でトップ三と呼ばれる女子中学に合格したが、勉強についていけず学校へも行けなくなってしまった。一時は、心を病んで病院にも通っていた。そして結局、二年生の時に別の中学へ転校したのだ。いつも母は言う。

「無理しなくてもいいのよ」

無理をして失敗したり、身体を壊《こわ》してしまったら不幸になる。それよりも、自分のできる範囲で頑張ればいい、と言われていた。でも、よくよく考えてみると、一度も花音は、「頑張った」と思えるほどに、物事に打ち込んだことがないのだ。だから、辛いとか苦しいという感覚が、ぼんやりとしかわからない。

ママが、質問した。

「もし、ここにお世話になることになったとしたら、花音と電話で話をするには何時くらいなら大丈夫でしょうか。私も、パートで働いておりますので」

琴子が、申し訳なさそうに答える。

「お母さん、それはでけしまへん」

「え⁉」

と声を上げてしまったのは、ママではなく花音の方だった。もし、泣きたいような辛いことがあったら、真っ先にママに電話で相談しようと思っていたからだ。

「うちの屋形では、緊急《きんきゅう》なこと、例えばご家族の方のご病気とかでない限り、電話は使《つこ》うてはあかんことになってますんや。それに、スマホも持てしまへんのや」

美都子が、続けて言う。

「それだけやないんよ。舞妓のうちは、ハンバーガー屋さんもコンビニも、お姉さんたちのお使いの時は除《のぞ》いて、入ったらあかんことになってます。もっとも、外出そのものも勝手にはしたらあかん決まりや」

ママが、花音の肩を軽く叩《たた》いて言う。

「聞いた？　花音。スマホも取り上げられるんだって」

それを聞いて、琴子が眉《まゆ》をひそめて言う。

「取り上げられるて、そないな……」

慌《あわ》てて、ママは、

「すみません。つい……」

と、頭を下げた。


花音は、もっと教えてもらいたいことがたくさんあった。美都子に、「舞妓になったら、着物は年に何着くらい着られるんですか」とか、「お座敷でお客様の前で舞う時、どんな気持ちになりますか」「今までで、一番に嬉《うれ》しかった出来事は何ですか」とか、舞妓の仕事の楽しみについて尋ねたかった。でも、ママが、

「さあ、そろそろ失礼しましょう。お忙しい中、どうもありがとうございました」

と、立ち上がってしまったのだ。

「浜ふく」を出ると、歩きながらママに言われた。

「ね、言ったでしょ。花音には無理よ。親と電話も自由にできないなんて……花音も淋《さび》しいでしょ。友達とメールもできなくなるのよ」

たしかに、それは辛いと思った。スマホを持たない生活なんて考えられない。家の中で、トイレに行く時でさえ手放さないのに。

四条通まで歩き、そこからタクシーに乗った。ママが、運転手さんに言う。

「詩仙堂《しせんどう》までお願いします」

「はい、かしこまりました」

「せっかく京都まで来たんだもの、ちょっと観光して行きましょ。二人で、いい思い出作りができたと思えば楽しいわ」

ママは、花音の気持ちを尋ねるまでもなく、勝手に舞妓になる話はなかったことにしているようだった。かといって花音には、ママの反対を押し切ってまで「舞妓さんになりたい」とは言い張ることはできなかった。

理恵《りえ》は、上手《うま》く行き、ホッとした。

あれだけ舞妓になることがたいへんだとわかったら、娘の花音もきっぱりと諦《あきら》めてくれるだろう。でも、あの美しい美都子という女性を見た時には、正直なところヒヤヒヤした。「美都子さんのような芸妓になりたい」と言い出すのではないかと心配したのだ。

事前に「浜ふく」の女将に電話をして、「舞妓になるのがどれほど難しいか、その厳しさを教えてやっていただけないでしょうか」と、頼んでおいてよかった。琴子も美都子も、こちらが期待する以上に舞妓になることのたいへんさを話してくれた。

それは、理恵が思っていたより、さらに厳しいものだった。花音も、さすがにスマホを持てないことにはショックを覚えた様子で、「浜ふく」を出てから、あまりしゃべろうとしない。

また、「浜ふく」の女将は、「よくお考えいただいて、お返事ください」とさえも言わなかった。それは、「NO」ということなのだろう。手前味噌《みそ》だが、花音はクラスの中では一番に可愛《かわい》いと思っている。「ぜひ、うちで花音さんをお預かりさせてください」と言われなかったことは、少しばかりプライドを傷つけられたような気がした。しかし、あの美都子という芸妓を目の当たりにすると、これは住む世界が違うのだと思わざるをえない。

そんな美人の集まりの中で、競《きそ》って生きていくなどということが、花音にできるはずがない。理恵は、詩仙堂の庭を眺めつつ、心の中で呟《つぶや》いた。

（カエルの子はカエル。花音には、私みたいな惨《みじ》めな思いはさせたくないの）

花音も何か考えているらしく、黙りこくっている。

鹿威《ししおど》しが、コーンッと鳴った。新緑が眩《まぶ》しい庭内に響き渡る。

「さあ、花音。帰りましょ」

と、声を掛け立ち上がった。


実に、後味《あとあじ》の悪い思いがした。

花音の母親のことだ。大切なご贔屓《ひいき》さんから、

「世話になっているお人の知り合いの娘さんが、舞妓さんになりたいて言うてはるそうなんや。会うだけでも会《お》うてやってもらえへんやろか」

と、たっての依頼があり時間を作ったのだ。「浜ふく」では、舞妓を広く募《つの》ったりはしていない。人のご縁による紹介があった時だけ、面談することにしている。屋形で引き受ける第一の条件は、親御《おやご》さんが賛成しているということだ。

にもかかわらず、夕べ、花音の母親から「本人には内緒《ないしょ》で」と言い、電話がかかってきた。

「私は、娘を舞妓にさせたくないのです。娘は日本舞踊も習ったことはありません

し、着物を着たのは七五三の時だけです。たまたま、おたく様のもも奈さんを修学旅行で見て、ポーッとしてしまっただけなんです。ですから、なんとかお力をお貸しいただきたいのです。どれほど、舞妓さんになるには修業が厳しくて、憧れなんかでは簡単に舞妓にはなれないのだと」

琴子は、めったなことでは怒らない。

よほど、仕込みさんや舞妓が失敗をしても、「あきまへんなぁ。もういっぺんやり直しなはれ」とにっこり笑って言う。叱ることも珍しい。叱っても人は動かないし、変わらないと思っているからだ。

でも、さすがにその電話を受けた時には、腹が立った。人を諦めさせる道具にしようなんて、非常識すぎる。こちらは、仕事として面談に応じるのである。思わず、

「そんなら来てもらわんでもよろし」

と、ガチャンッと受話器を置くところだった。それでも堪《こら》えたのは、ご贔屓さんの顔を潰《つぶ》すことになるからだ。いつもの温厚《おんこう》な自分に戻ろうと努め、

「へえ、かしこまりました。気ぃつけておこしください」

と、返事をした。

美都子も、母娘が帰ったあと、あきれ返っていた。

「かんにんな、美都子ちゃん。忙しいとこ時間取らせてしもうたなぁ」

「ええんよ、そんなん。それより、うちなぁ、なんやあの娘が可哀《かわい》そうになってしもうたんや」

琴子は、思わず言った。

「あんたもか」

「え⁉　琴子お母さんもやの」

「花音ちゃん、一生、あのお母さんの言う通りに生きていくんやろか。そう思うと、なんやせつのうなってなぁ」

琴子は、美都子と眼を合わせ、花音の幸せを祈った。


今日も授業中、先生に注意された。当てられたのに気付かなかったのだ。

「すみません」

と言い、立ち上がる。隣の子が、コソコソッと教科書のページを指さして教えてくれた。その場は凌《しの》いだものの、学校へ行っても勉強に身が入らない。

修学旅行で、もも奈さんの舞を最前列で撮った子から、動画を転送してもらった。暇さえあれば、そればかり観ている。頭に浮かぶのは、もも奈さんのことばかりだ。さらに、この前会った、美都子さんの芸妓姿の写真も目に焼き付いて離れない。

花音は、どうしても舞妓さんになりたい、と思った。

そんな中、ママが入院することになった。

子宮筋腫《きんしゅ》の手術をするためだ。ずっと前に、人間ドックで指摘《してき》されていた。なんでも良性の腫瘍《しゅよう》で、心配するものではないらしい。ママの場合には、自覚症状もなくて、長い間経過観察《けいかかんさつ》をしていた。しかし大きくなってきたので、お医者さんの勧めもあり手術をすることにしたのだ。

花音は、「手術」と聞いただけで、心配で仕方がなくなった。何もしてあげられないことが、もどかしかった。ママも入院が近づくと、相当、不安な様子で、ほとんど家事が手につかず塞《ふさ》ぎ込んでいた。パパが、

「経験豊富なベテランのお医者様だし、お任せしよう」

「大丈夫、上手く行くよ。退院したら、海を見にドライブに行こう」

などと、毎日毎日励ました。パパがママの手をギュウッと握《にぎ》るところを見たのは、初めてかもしれない。パパとママは大恋愛をして結婚したと聞いていた。日頃、ほとんど考えたことはなかったが、パパとママは今も愛し合っているのだとわ

かった。

ママが入院した日の夜のことだ。パパが早く帰って来て、チャーハンを作ってくれた。パパはいつも忙しくて、一緒にご飯を食べられるのは休日だけだ。

「学生時代、よく作ったんだ。冷蔵庫の残り物を、なんでもかんでも刻んでぶち込んで炒《いた》めちゃう。あの頃は、お腹がいっぱいになればそれで満足だったからね」

「おいしい～！」

「そうか、よかった」

パパがこんなに料理が上手だとは思ってもみなかった。

食事が終わると、学校の話をした。友達のこと、流行《はや》っているゲームのこと。でも、気になる男の子のことは、ママには話せてもパパには言いにくい。パパが、

「学校が楽しいんだね、よかった」

と、言ってくれた。学校は楽しい。でも、このところずっと、授業に集中できない。こんな機会はなかなかない。パパにお願いするなら今だが、ママが手術をするというたいへんな時に不謹慎《ふきんしん》だと思った。何度も喉《のど》まで出かかったが口に出すことができない。

パパが、コーヒーを淹《い》れてくれた。コーヒーメーカーから蒸気《じょうき》が上がる。背中を向けたまま、パパが言った。

「花音は、何か話したいことがあるんだろう」

「え?」

「舞妓さんになること、諦められないんじゃないのか」

「どうして? ……」

「わかるよ、花音のパパだもの」

花音は、それまで心に溜《た》めていたものが、あふれ出すように一気に話した。何度も、何度も、もも奈さんの舞の動画を見ていること。もも奈さんのことが、頭から離れなくて、授業に集中できないこと。ママが京都へ連れて行ってくれたのは、花音を諦めさせるためだということを知っていること。

「パパ、私、私……」

「舞妓さんになりたいんだね」

「うん、舞妓さんになりたいの」

パパに本当の気持ちを伝えられた。花音は、それだけで心が軽くなった気がした。

「本気なんだね、花音は」

パパは振り返ると、じっと見つめた。素直《すなお》に答えられた。

「うん」

「わかった。ママが退院して落ち着いたら、パパからママにちゃんと話してみる」

「え⁉　……どうしてパパは私の味方なの？」

「味方というか、パパはまだ花音が舞妓さんになることを賛成しているわけじゃない。でも、修学旅行から帰って来て、もう八か月にもなる。そんなに長い間、思い憧れ続けていられるというのは素晴らしいって思うんだ。誰もが一生のうちに『やりたいこと』『打ち込みたいこと』に出逢えるわけじゃない。それをもう花音は見つけたんだ。それだけで、えらいと思うんだよ」

「でも、賛成ではないって？」

　パパは花音に、コーヒーカップを差し出して言う。

「パパも花街のことを少し調べてみたんだ。そうしたら、舞妓さん志望の女の子が体験する仕組みがあるらしいんだ。よく観光で、衣装をレンタルして舞妓さんに変身するというものじゃないよ。一週間とか置屋さんに寝泊まりして、実際にどんな修業をするのか身をもって学ぶんだ。花音が厳しい修業に耐えられると思ったら、パパは認めたいと思う。まず、先方の女将さんからオーケーが出ることが先だけどね」

　花音は思わず、パパに抱き着いてしまった。

「でもね、今はママの手術が無事に終わることを祈ろうね」

「うん」

花音は、パパの淹れてくれたコーヒーを口にした。

苦いけれど香《こう》ばしい匂いに、薄暗かった心がちょっとだけ明るくなった。


理恵は、戸惑《とまど》いを抱いたまま、夫の英太《えいた》と花音と、三人で新幹線に乗っている。

行き先は、京都。再び、屋形「浜ふく」を訪問することになったのだ。

手術は、上手くいった。術後の経過も良好で、何一つ不安な事はない……はずだった。それなのに、このやるせない気持ちはどこへ持っていったらいいのか。


退院後、初めての診察の帰り道。付き添ってくれた夫の英太と立ち寄ったカフェで、言われた。

「花音のことだけど、一度、舞妓修業を体験させてみてはどうだろう」

知り合いを通して、もう先方の女将に話を通し承諾《しょうだく》してもらっているという。

「なんで、そんな勝手なことを……」

「ごめんね、理恵。でも、これが一番いいと思ったんだ。花音の、舞妓さんになりたいという気持ちは本物だと思う。でも、理恵の言う通り、とても厳しい世界だ。いくら花音が『舞妓さんになりたい』って言っても、先方から『この娘ではだめです』と言われるかもしれない。花音にしても、実際に置屋さんで寝泊まりして修業の体験をしたら、音《ね》を上げて諦めるかもしれない」

　理恵は、言い返した。

「でも、もし花音が『やれると思う』って言ったらどうするのよ。きっと、置屋さんは、舞妓さんの成り手が少なくて困っているのよ。厳しい厳しいって口では言ってるけど、本音では花音に来てほしくてたまらないのよ」

　しかし、英太の冷静な顔つきは変わらない。

「『浜ふく』さんを紹介してくれた取引先の社長に聞いてみたんだよ。その人は接待で何度もお茶屋遊びをしているそうなんだ。話を聞くと、せっかく舞妓さんになっても、途中で辞めてしまう人が大勢いるらしい」

「そらみなさい」

「まあまあ、話を最後まで聞いてよ」

「……」

「置屋さんのことを、祇園では屋形と呼ぶらしいんだけどね、屋形では舞妓さんを一人引き受けて、立派な芸妓になるまで育てるのに、マンション一棟分くらいのお金をかけるそうなんだ」

「え!?　どういうこと」

「舞妓さんは、給料をもらえるわけではない。なぜなら、一人前の芸妓になるための修業をする立場だからだそうだ。落語家さんが、師匠の家に住み込みで修業をするのと似ているかもしれない。お座敷に出てお客さんの前で舞うのも修業なんだね。二十歳くらいで芸妓になるまでの間の食事も、たくさんの芸事のお稽古代も、すべて屋形の負担になる。着物や帯も、髪飾りもみんなそうだ。それだけたくさんのお金をかけて、『辛抱《しんぼう》できなくなりましたから辞めます』って言われたら、それこそ大損害だというんだよ。だから……」

「だから……何？」

「屋形の女将さんも、真剣だということさ。理不尽に厳しくするわけがない。きっと、愛情を込めて育ててくれるはずさ。理恵には申し訳ないけど、今度は僕も一緒に行くから、もう一度だけ花音にチャンスを与えてやってほしいんだ。とにかく、花音が本気だということはわかっている。理恵もわかっているだろう」

本気だから困るのだ。今まで、何一つ苦労せずに育ってきて、この前聞いたような修業に耐えられるはずがない。そんなわかり切ったことを体験させるなんて……。

理恵は、渋々ながら、英太の言う通りにすることにした。手術のあとで、気が弱くなっていたせいもあるかもしれない。お膳立《ぜんだ》てをしてくれた夫のレールに乗るが如《ごと》く、気が付くと京都駅に着いてしまった。

駅のコンコースに降りると、壁の大きなポスターが眼に留まった。山肌に灯《とも》された「大」の文字。今日は八月十六日、夜には「五山《ござん》の送り火」があることを知った。

琴子は、困り切っていた。

もう終わったと思っていた話が、蒸《む》し返されたからだ。

ご贔屓さんから、この前の舞妓さん志望の女の子に、屋形で泊まり込みの体験修業をさせてほしいと。「浜ふく」とは、先々代から百年も続くご縁のご贔屓さんの頼みとなれば、断るわけにはいかない。

今度は、両親揃《そろ》って来るらしい。正直、あの母親には会うのも嫌だった。

この花街では、困った時のもも吉と言われている。でも、親友なので、かえってこういう難題は相談しにくい。せめて、愚痴《ぐち》でも聞いてもらおうと出かけたら、

「そないしたら、うちの店に来てもろうたらよろし」

と、もも吉が言ってくれた。

実は、あの花音という娘には、キラリと光るものを感じていた。本来なら、家族

の同意さえあれば、こちらから体験修業を勧《すす》めるところだ。しかし……。

琴子は、鬱々《うつうつ》として田辺一家が到着するのを待った。


「浜ふく」を訪ねると、女将の琴子が待ち構えていたように、

「今日は、別のお席を用意してますさかい、お手間取らせますけど付いて来ていただけますか」

と言われた。夫の英太と眼を合わせたが、何も聞いていないようだ。今回は、すべて英太が段取りしてくれたので、理恵はただ黙って付いて来ただけだ。

人通りのほとんどない路地《ろうじ》を曲がると、それこそ自転車さえもすれ違うのがたいへんな狭い路地に出た。先をゆく琴子が、一軒の町家の前で立ち止まった。

「ここどす」

と言い、格子戸を開けて中に入った。英太、理恵、そして花音の順に琴子のあとを付いて行く。点々と連なる飛び石が「こちらへ」と言うように招いている。雑誌か何かで見たことのある、茶亭の庭のようだ。うずくまる子どもほどの大きさの石の横に、細いサルスベリの樹が燃え上がるように花を咲かせている。

上がり框《がまち》で靴を脱いで上がり、琴子に続いて部屋に入る。

「ももちゃん、お連れしましたえ」

と琴子が言うと、

「おこしやす」

と、L字型のカウンターの向こう側の、畳に座った和服姿の女性が手をついて挨拶した。理恵は、茶室のような厳《おごそ》かな雰囲気《ふんいき》に呑まれて、蚊《か》の鳴くような声で、

「こんにちは……」

と言うのが精一杯だった。英太も花音もそわそわとして、観光客であふれる花見小路とはまったくかけ離れた異次元の世界に戸惑っているようだ。

「うちはこの店の女将で、もも吉言います。さあさあ、お掛けやす」

琴子が説明する。

「ここは、以前はお茶屋で、ももちゃんは女将をしてはりました。それを衣替えして『もも吉庵』いう甘味処にしはったんどす。うちの大親友で、今日はみなさんとお目にかかる場所を貸してもらいました。そうそう、ももちゃんも、若い頃は舞妓さんしてはったんどす」

「え！　本当ですか」

花音が眼を輝かせた。もも吉に促《うなが》されて、理恵たちは座った。

人の声に目を覚ましたのか、角の丸椅子《いす》で眠っていた猫が、ムクッと起きたかと

思うと、大きく背伸びをした。そして、辺《あた》りを見回したかと思うと、再び丸まって眠ってしまった。「騒がしいなぁ」とでも思ったのだろうか。もも吉が言う。

「おジャコちゃんて、言うんどす。可愛《か》いらしいでっしゃろ」

アメリカンショートヘアーだ。この店に似合って、いかにも気品がある。

「名物を召し上がっていただこう思いまして、用意してました。さあさあ、運んで来てや」

と、もも吉が奥の間に声を掛けると、盆を手にした舞妓さんが入って来た。

「あっ！　もも奈さん」

花音が一番に、声を上げた。

琴子が言う。

「このあと、もも奈はホテルのパーティーで舞を披露《ひろう》することになってます。みなさんがお越しの時間に合わせて、早めに着付けしてもろうたんどす」

理恵も溜《も》息を漏らしてしまった。

(可愛い……)

花音から、スマホの動画を何度も見せられていた。でも、こんなにも近くで見ると、理恵ですら溜息が出てしまう。髪にさした朝顔の簪《かんざし》が涼《すず》しげで、暑さを忘れさせてくれる。

もも奈が、盆を傍《かたわ》らに置き、挨拶をする。

「もも奈どす。よろしゅうお頼《たの》申します」

まるで、お座敷遊びに来たお金持ちになったような気分になってしまった。英太が、両手を膝《ひざ》に置いて、会釈《えしゃく》した。

「娘の花音が、昨年の秋にはたいへんお世話になりました。それ以来、ずっと、もも奈さんの話ばかりしています」

「いいえ、こちらこそお世話になりました。もも吉お母さんの麩《ふ》もちぜんざいどす。どうぞ、召し上がっておくれやす」

そう言い、もも奈が清水焼《きよみずやき》の茶碗《ちゃわん》をそれぞれの前に並べてくれた。

花音は、ポーッとしてもも奈を見つめている。

理恵も緊張して、身体が思うように動かない。英太が、

「さあ、理恵、花音、いただこう」

と促してくれたので、理恵はようやく茶碗のふたを開けることができた。

そのとたん、小豆《あずき》の香りがふわっ～と鼻に抜けた。我慢できず、木匙《きさじ》を取って一口、口に運ぶ。なんという上品な甘さだろう。そして、二口、三口。「塩梅《あんばい》」というが、ほんの僅《わず》かばかりの塩加減が、きっとこの甘さを引き出しているに違いない。

あっという間に食べ終わると、なぜかしら気持ちが和《やわ》らいだ。行きの新幹線の中

で、あれほど不満が募《つの》りイラついていたというのに。

花音を見つめていたもも吉が、唐突にふっと口を開いた。

「この娘はきっと、ええ舞妓さんになりますえ」

「⁉」

理恵は、思いがけぬその言葉に動揺《どうよう》してしまった。

「なぜ、そんなことがおわかりになるのです」

せっかく、穏《おだ》やかさを取り戻していたのに、心が波打った。

「長いこと祇園におりますとなぁ、なんというか、わかりますんや」

琴子が、説明してくれた。

「ももちゃんところへは、花街のお人らが密《ひそ》かに悩み事の相談に来はりますんや。それだけやあらしまへん。有名な会社の社長さんや誰でも知ってはるミュージシャン、スポーツ選手もいてはります。そやから、人を見る目ぇがあるんえ」

「琴子ちゃん、よけいなこと言わんでもよろし」

「ほんまのことやから、ええやないの」

理恵は思った。それなら、ぜひ自分の悩み事を聞いてもらいたいものだと。娘が、舞妓さんになりたいと言って困っている。どうしたら、諦めさせることができるのか。自分は手術をして、それ以降、なんだか心が弱くなってしまった気がする。先生は、「心配する必要はありません」と言ってはくれたものの、花音には、ずっと自分のそばにいてほしいと思っていることも。

もも吉が、再び言う。

「わかります、て言いましたんは、ほんまのことどす」

「……」

理恵は、花音が褒《ほ》められているわけだから、悪い気はしない。でも、それを素直《すなお》に受け止めるわけにもいかない。迷いつつも、尋ねる。

「花音のどこが、舞妓さんに向いていると……」

もも吉は、即答した。

「眼ぇや」

「え⁉　眼ですか？」

「花音さんが、もも奈ちゃんを見る眼ぇは、キラキラ輝いてはる。憧れやな。こないなきれいな舞妓さんに、自分もなりたい。そういう憧れは、夢をかなえるための大きなエネルギーになりますんや。よう聞きますやろ。有名な野球選手が、小学生の時に三冠王の誰々からサインもろうて、それがきっかけでプロ野球選手を目指したとか。フィギュアスケートとか、歌手や俳優さんの世界でもそないなこと言う人が多いんは、憧れいうんが、大きな力になるいう証《あかし》や思うてます。花音さんの眼ぇ見てわかるいうんは、そういうことどす」

花音を見ると、ポッと頰が紅《あか》らんでいる。琴子が、言う。

「ももちゃんが、そないに人を褒めるんは珍しいなぁ」

「お琴ちゃん、それは失礼やで。言わんといてや」

と、もも吉が笑った。しかし、理恵としては、ここでそんな話を認めるわけにはいかない。花音が、もも吉に尋ねた。

「私、もも奈さんみたいな素敵《すてき》な舞妓さんになれますか？」

「さあ、それはうちにもわからしまへん。それはあんたの精進《しょうじん》次第や。そやけど、今の気持ちをずっと強く持ち続けはったら、ええ舞妓さんになれる思いますえ」

理恵は、つい声を荒《あら》らげてしまった。

「そんな無責任なこと！　花音をそそのかすのは、止めてください！」

店内が、一瞬にして気まずい雰囲気になった。それでも、理恵は話を続ける。

「もしも、仕込みさんや舞妓さんの途中で辛抱ができなくなって帰って来たら、花音は中卒ということになるんですよ。花音には、普通の高校生活を送ってもらい、普通の大学に通って、できるだけ安定した会社に就職してもらいたいんです。そうでなければ、薬剤師とか保育士とか、資格を取って食べるのには困らないようにと願っているんです。社会に出る日までは、失敗しないように、転ばないように守ってやるのが、親の務めだと思っています。転んで傷ついて辛いのは、花音なんですから……」

理恵が、話し終わるよりも前に、物静かに聞いていたもも吉の眼差しが一変した。一つ溜息をつき、裾《すそ》の乱れを整えて座り直した。

背筋がスーッと伸びる。

帯から扇を抜いたかと思うと、小膝《こひざ》をポンッと打った。ほんの小さな動作だったが、まるで歌舞伎役者《かぶきやくしゃ》が見得《みえ》を切るように見えた。

「お母さん、それは少しばかり違《ちご》うてますえ」

「え？」

やさしい言葉遣いだったが、理恵は張り詰めた空気に気圧《けお》されて言葉が出ない。

もも吉が、理恵の眼を見つめて言う。

「お母さん、さっきから、失敗するとか転ぶとか言わはりますけど、それのどこがあかんのどす？」

いったい、このもも吉という人は、何を言っているのだろう。悪いに決まっているではないか。理恵は、小声で答えた。

「いいわけがないいじゃないですか」

「ええどすか。転ばんように教えるだけが親やない。それよりも、転んだ時に、どう立ち上がるんかを学ばせるんが、親の務めやないでっしゃろか」

「……」

理恵は、言い返すことができない。

「若いうちに、ぎょうさん転んでおかへんと、歳取った時に転んでも立ち上がる方法がわからへんようになる。そないな人生、不幸やと思いまへんか？　ミスも失敗も、苦しみも悩みもない、ええことばっかりの人生なんてどこにもあらしまへん。ぎょうさん転んで痛い目に遭《あ》うことは、若い人の特権や。うちは、そう思てます」

理恵は、胸が締め付けられるような気がした。花音と同じ年の頃の出来事が蘇《よみがえ》ってきて、息が苦しくなった。脈が速くなるのが自分でもわかった。

「ふ〜」

息を大きく吐《つ》き、呼吸を整えようとした。胸を手で押さえる。

「お水や、お水、飲みなはれ」

琴子が、カウンターの水を手に取り、差し出してくれた。一口、二口と飲み干し、さらに深呼吸をすると、しだいに脈拍《みゃくはく》も落ち着いて来た。

「ママ、大丈夫？」

「横にならせていただこうか？」

と、英太も気遣《きづか》ってくれる。

「ううん、もう大丈夫よ。ごめんなさい」

もも吉が、理恵の顔を窺《うかが》いつつ、言った。

「お母さん、ひょっとして、何か若い頃によほど辛い思いをされたんやないですか？」

もも吉の眼を見ると、ごまかしの言葉は通らないと思った。理恵は、覚悟した。

「パパも花音も、聞いてくれる？」

そう言い、昔々の出来事を話し始めた。


理恵は、少しばかり、裕福な家庭で育った。家の中には、舶来物《はくらいもの》の時計や置物、家具がいっぱい備え付けられていた。曾祖父や祖父が、洋行して求めてきたものだと聞いていた。そして、幼稚園から大学まで一貫の名門私立の学園に通った。

母も祖母も、宝塚《たからづか》歌劇のファンだった。理恵も幼い頃から、しばしば、タカラヅカの東京公演に連れて行ってもらった。そして、言われるままにバレエを習った。教室ではいつも褒められ、発表会ではいつもプリマバレリーナに選ばれていた。気付くと、宝塚音楽学校に入るのが目標になっていた。

幼い頃から観ていた、あの憧れの舞台で踊り歌うこと。その夢に向かって、学校から帰るとバレエやピアノ教室や、受験対策用の特別な塾へ直行する毎日を送った。

　母も祖母も、

「あなたの舞台を見に行くのが夢ですからね。理恵なら、大丈夫」

　と、いつも励ましてくれた。

「理恵がならなくて、誰がタカラジェンヌになるのよ。あなたなら、なれるわ」

　とまで言ったりもした。

　中学を卒業する年に、宝塚音楽学校を受験した。元タカラジェンヌの受験塾の先生に、

「かなり有望だと思うわ。いつも通りの実力を発揮できたら合格間違いなしよ」

　と言われ、試験に臨んだ。ところが、会場へ行くと、どの子もきれいでスタイルが良く、ダンスが上手そうに見えた。そのとたん、緊張で身体が動かなくなってしまった。

　そして……不合格。

　泣いて、泣いて、泣き明かした。

　バレエ教室の友達も、「まさか、理恵ちゃんが落ちるなんて、思わなかった。きっと運が悪かったのよ」と慰めてくれた。祖母も母も、揃《そろ》って言った。

「トップスターだって、最初の試験に落ちたって聞いたことあるわ。また来年受け

ればいいのよ」

と、びっくりするほどポジティブで驚いてしまった。理恵がショックで眼を腫《は》らすほど泣いているというのに。でも、そのおかげで、「次、また頑張ろう」と思えるようになった。

高校一年の時、再度チャレンジした。今度は、間違いなく合格できる自信があった。塾の先生も太鼓判《たいこばん》を押してくれたし、バレエの先生は、「トップスターになる前に、サインをもらっておこうかしら」とまで言ってくれた。高校のクラスでは、「頑張ってね、お祝いのパーティー企画して待っているから」と、みんなで励ましてくれた。

一回目の教訓《きょうくん》を生かして、とにかくリラックスを心掛けて試験に臨んだ。

しかし……結果はまたしても不合格。

理恵は、翌日から学校を休んでしまった。悲しいというよりも、虚《むな》しかった。これほどレッスンに打ち込んで来たのに。テレビを観るのも、友達と遊ぶのも我慢してきたのに。

理恵は、母に当たった。

「なんで、あなたには才能がないのよ、って言ってくれなかったのよ。無駄《むだ》な時間を過ごしただけじゃないの」

母は、その剣幕《けんまく》に驚いたのか、黙って聞くだけだった。一方、祖母の言葉が理恵をよけいに苦しめた。

「また来年受ければいいじゃないの」

宝塚音楽学校は、中学三年から高校三年まで、四度の受験の機会が与えられている。理恵は、大声を張り上げた。

「なによ、『あなたなら大丈夫、あなたならなれるって』。みんな無責任よ。どうしてくれるのよ。私には不合格っていう現実しか残らないじゃない。いいかげんに、持ち上げるのは止めて！」

一週間ぶりに学校へ行くと、みんなが気を遣ってくれているのがよくわかった。一番の仲良しの子には、「また一緒に勉強できてよかったね」と笑顔で言われた。

しかし、ここから地獄が始まった。「あの子、前からツンッとして嫌だったの。まるで『聞かせるように』して、聞こえてくるのだ。「聞きたくない声」が、まるで「聞かせるように」して、聞こえてくるのだ。「あの子、前からツンッとして嫌だったの。帰りにお茶に誘っても、バレエのレッスンがあるとか言って断ったのよ」「私もそう。夏休みにみんなで海に行く話してた時にも、輪の中に入ってこないのよ」「落ちていい気味《きみ》」「きっと、前から、私たちのこと下に見てたのよ」……。

理恵は、思った。

もし、この世の中で、一番のいじめがあるとしたら、それは陰口《かげぐち》だと。理恵は、心を許せる友達ができないまま、高校を卒業するまで辛い毎日を送った。

　英太が、肩にそっと手を置いて言う。

「知らなかったよ。辛かったね」

　やさしくされると、涙があふれてきてしまう。

「ママ、そんなことがあったのね。だから……だから……」

　理恵は、花音の方に向き直って答える。

「花音には、私と同じような辛い思いはさせたくないの。修業の途中で辛抱できなくなって帰ってきたら、大切な若い時の時間を棒に振ることになってしまう。だから、あなたが、舞妓さんになりたいって言った時、すぐに反対したの」

「ありがとう、ママ」

「え？」

「私のこと、そんなにも心配してくれて、ありがとう」

　英太が、

「そうだよ、花音。ママは花音のことが心配でたまらないんだ。それは愛しているからだ。ちゃんとわかっているよね」

「うん、パパ」

じっと、眼を閉じて聴いていたもも吉が、口を開いた。

「ええご家族どすなぁ」

理恵は、素直に頷《うなず》いて答えた。

「はい、そう思います」

「ところで、お母さん。一つお訊きしてもええでっしゃろか」

「……はい」

もも吉が思いもしないことを、口にした。

「今、幸せどすか？」

「え？　……幸せ？」

そんなこと考えたこともない。花音が生まれてからというもの、必死に子育てをしてきた。英太の仕事はハードだ。健康を損《そこ》なわないように、常に食事には気を遣っている。家の中にばかりいるのが苦手なので、病院事務のパートをしている。とにかく忙しい毎日で、走り続けているという感じだ。

ただ、先日、手術を受けたことで、健康というものの有難みを改めて強く感じるようになった。自分だけでなく、花音と英太が大きな病気をしたことがないことは、何よりだ。とすると……きっとそれは……。

「はい……幸せです」

そう答えた。もも吉は、理恵の心を見透《みす》かしたかのように言う。

「ずいぶん、答えに時間がかかはりましたなぁ」

「は、はい」

「そないしたら、ここにいるもも奈ちゃんに訊いてみまひょ。どうや、あんた今、幸せか？」

「へえ、幸せどす」

これを間髪《かんはつ》を容《い》れずと言うのだろうか。即答したことに、理恵は驚いた。でも、当然のことかもしれない。この娘もきっと、舞妓さんになるという夢があって、それをかなえることができたのだ。外を歩けば、観光客に呼び止められて、毎日、「きれいだ、きれいだ」と言われて、写真をたくさん撮られているに違いない。

もも吉が、またまた、理恵の心の中を、まるでのぞき込んだかのように言う。

「もも奈ちゃんのこと、舞妓になる夢をかなえたんやから、幸せに決まってるて思わはったんと違いますか」

理恵は、返す言葉がない。もも吉が、続けて言う。

「実は、そうやないんどす。もも奈ちゃん、このお方にあんたのことお話ししてもええか？」

「へえ、お母さん。うちはなんもかましまへん」

いったい、何を言っているのか。理恵は首を傾《かし》げるばかりだ。

「このもも奈ちゃんはなぁ、あの大震災で家族をいっぺんに亡くさはったんや」

「え？　……」

理恵は戸惑うばかりで言葉が出ない。

「たった一人、助かったお爺ちゃんも、その後、天国へ行かはった。それだけやない。ついこの前まで、声が出えへん病気になって、辛い思いしたんや。舞妓がお座敷で声が出えへんなんて、考えられんほど辛かった思います。それでも、この娘は気張って気張って、それでも気張って生きてきたんや」

「……たいへんでしたね」

理恵は、それしか掛ける言葉が見当たらない。

「ええどすか、お母さん。それでも、この娘は、『幸せか？』て訊かれて『幸せどす』とすぐに答えることができますんや。なんでやと思います？」

「……」

「ほな、本人に訊いてみまひょ。もも奈ちゃん、なんでなんや？」

もも奈は、穏やかに、そしてにこやかに答えた。

「うち思うんどす。きっと、今の自分があるんは、いろいろと辛いことがあったからやないかて。その辛い積木《つみき》がぎょうさんぎょうさん積み重なった上に、今の幸せがあるように思えるんどす」

「積木？」

理恵は、思わず聞き返してしまった。

「へえ、積木どす。もしも、家族と一緒に暮らしていたら、うちはここにはいてしまへん。琴子お母さん、もも吉お母さん、美都子さんお姉さん……それに隠源さん、隠善さん……もう数え切れへんくらい大勢の人とも出会うことはなかったはずどす。うちが、今、みなさんに支えられて幸せに生きておられるんは、辛いことがあったおかげやて思うてます。……そやけど……そやけどやっぱり、あの日のことを思い出すと、胸が苦しゅうなりますけど」

理恵は、茫然《ぼうぜん》とした。何か言葉にしようと思うのだが、何を口にしても嘘か偽《いつわ》りになりそうで怖かった。そんな理恵に、もも吉が、やさしく声を掛けてくれた。

「花音さんのお母さん、こういうふうに考えることはでけしまへんか」

「……」

「宝塚の試験は上手くいかへんかった。それも二度もや。そやけど、上手くいかへんかったさかいに、今、幸せなんやて」

「どういうことでしょうか」

「もし、宝塚に合格してはったら、大スターになってたかもしれへん。テレビにも映画にも出る大女優になってたかもしれへん。そうなったら、お相手も芸能界のお人やったかもしれへん。ということは……今の旦那《だんな》さんと一緒にはなられへんかったんやないですか？」

「は、はい……ひょっとしたら」

理恵は、そんなことを一度も考えたことがなかった。宝塚に落ちたことは、ただの消したい過去だった。とにかく、花音には、そんな辛い思いだけはさせたくない。そう思って生きてきた。花音が、涙ぐんで言う。

「ママが私のこと、産んでくれてよかった。ママが、もし宝塚に受かっていたら、私はママの子じゃなかったかもしれないもの」

「花音……」

理恵は、花音を抱きしめた。そして、もも吉に言った。

「もも吉さん、今さらですが気付きました。あの時、二度も宝塚に落ちたのは、今、幸せになるために神様が決めてくださったことだって」

「そうかもしれまへんなぁ。でも、それは神様の力だけやない思います」

「どういうことでしょう」

理恵は、尋ねた。

「不合格になったあと、それをバネにして努力しはったんやないですか」

「はい、悔《くや》しく悔しくて。それでエスカレーターで入れる大学ではなくて、少しでもいい大学に入ろうと思い勉強しました。そこで、夫と出逢ったんです」

英太が、理恵の肩に手を置いた。もも吉がもう一度言う。

「ええご家族どすなぁ」

理恵は、涙眼の花音に言った。

「花音、辛抱できるの？」

「え⁉　ママ、許してくれるの？」

「応援するわ」

「ママ！」

花音が理恵に飛び着いて来た。もも吉が、力を込めて言う。

「花音さん、ようおしたなぁ。ぎょうさん転びなはれ。ぎょうさん転んで、ぎょうさん幸せを摑《つか》みなはれ」

琴子が、苦笑いして話を受ける。

「ももちゃん、転ぶ転ぶて何べんも言わんといてや。花音ちゃん、なんも心配あらしまへん。祇園は一つの家族や。たとえ転んでも、みんなが助けてくれるさかい」

理恵は立ち上がった。

それを見て、英太も立ち上がる。

二人揃って、もも吉と琴子、そしてもも奈に深々と頭を下げた。

「どうか娘をよろしくお願いいたします」

もも奈が、髪からスーッと簪を抜いた。そして、花音にそっと差し出す。

「これは花簪言います。弥生《やよい》三月は菜の花、皐月《さつき》五月は藤の花いうように季節ごとに花が変わるんどす。もしよかったら、花音さんも付けてみはりますか？」

「え⁉　いいんですか」

琴子ともも吉が、申し合わせたかのように微笑んで頷いた。

「髪をゆうてへんさかい、動くと落ちてしまう。じっとしててな」

そう言うと、もも奈が花音の前髪にそっと花簪を挿した。

ピンクと青色の朝顔が花音の頭に、パッと咲いた。

「きれいどすえ」

花音の頬が、ポッと紅くなった。

「おおきに、もも奈さん」

「あれあれ、『おおきに』やて。京ことばが上手なこと」

と琴子が褒めると、もも吉も頷いた。

理恵は、心から「どうか娘の夢がかないますように」と祈った。

第四話　子育てに　悩む父あり夏燕《なつつばめ》

スイーッ。

すぐ目の前をツバメが横切った。

スイスイーッ。

また別のツバメが、低空飛行してからクルッと転回し、空へと舞い上がった。

木津川幸太郎《きづがわこうたろう》は、眼を細めてツバメを追った。

毎年、スーパー八百京《やおきょう》・八幡《やわた》店の通用門の軒下《のきした》に巣を作るのだ。「ツバメが巣を作ると商売が繁盛《はんじょう》する」という。そのため幸太郎は、社員にフンの掃除《そうじ》を小まめにするように指示し見守ってきた。

巣を見上げると、中がからっぽのようだ。

「おや?」と思い電線を見ると、三羽のツバメが止まっていた。身体《からだ》が小さい。きっと、つい最近、巣立ったばかりに違いない。

そこへ、スイーッと親ツバメが飛んで来た。口にくわえた虫を、一番左の小ツバメの口に放り込んだ。なるほど、巣立ちしたとはいえ、まだすぐにエサを獲《と》ることができない。しばらくは親鳥が食事を与えるわけだ。

幸太郎は、息子の直人《なおと》のことが頭に浮かんだ。

社会には出たものの、まだ世間の役に立つ仕事に就《つ》くことができない。自立できるようになるまで、気長に手助けしてやらねばと覚悟をした。

幸太郎は、株式会社八百京の二代目社長である。

八百京は、幸太郎の父親が創業した会社だ。元々は、錦市場《にしきいちば》にある個人商店の八百屋だった。錦市場とは、京都市中京《なかぎょう》区を東西に走る「錦小路通《こうじどおり》」に、魚、野菜、乾物、漬物などを商《あきな》いするお店が集まる市場で、その歴史は四百年も前に遡《さかのぼ》る。「京の台所」と呼ばれていて、地元の人たちが日々の買い物に訪れる場所だったが、近年は観光スポットとしても賑《にぎ》わっている。

先代は、なんとか商いを大きくしたいと考えた。だが、商品数を増やそうにも間《ま》口《ぐち》が狭すぎた。そこで、少し離れた場所に持っていた倉庫を売り払い、その資金を元手にして郊外の住宅地にスーパーマーケットを開いたのだ。

元々、地元農家との付き合いが深く、直接新鮮な野菜を仕入れることができたことから商いは順調に伸びた。

幸太郎の時代になってからは、洛中《らくちゅう》にも小型スーパーを次々と出店。近年は、ホームセンターやドラッグストアなど多角化を進め、グループ三十店舗《てんぽ》にまで成長した。さらに、フットワークを軽くするため、小体《こてい》ながら運送会社も持っている。

幸太郎の父親は、「うちは元々、町の八百屋や。お客様の顔を見んとなんもわからへんで」というのが口癖だった。

そのため、社長室に閉じこもって社員に指図《さしず》だけして済ますようなことはしない。月のうち半分は、各店舗や倉庫を見回る。使う車は、ハイエースワゴンだ。運転も幸太郎自身がする。補充《ほじゅう》する備品を運ぶだけでなく、売切れで欠品が出た店舗へ、他の店舗から商品を運ぶ仕事もこなす。何より現場でのパートの人たちとのおしゃべりが、一番の愉《たの》しみだ。

妻が経理担当役員で、妻の兄の国男《くにお》さんが専務、従兄《いとこ》の新《しん》ちゃんが営業部長を務めてくれている。社員はもちろん、契約社員やパートさんも含めて、「みんな家族」という気持ちで商いをするのがモットーだ。

幸太郎には、二人の子どもがいる。

長女が、千夏《ちなつ》だ。

子どもの頃から歴史に興味を持ち、同志社《どうししゃ》大学で考古学を学んだ。今は京都市埋《まい》蔵《ぞう》文化財研究所に勤めている。

長男の直人は、その四つ下になる。

直人が生まれた時、内心「跡継ぎができた」と喜んだ。直人に社長を継ぐように仕向けたことは一度もなかった。それでも、自然に周りが「そういう雰囲気《ふんいき》」を作ってしまうものだ。実は、その先鋒《せんぽう》は、意外にも姉の千夏なのである。

直人は、人と話をするのが苦手《にがて》だった。特に初対面《しょたいめん》の人の前に出ると、声が出なくなる。幼稚園の頃はそうでもなかったはずなのに、小学校へ上がったとたん無口になってしまった。これではいけないと、積極的に人と話させようとした。

家に来客があると、幸太郎は直人を応接室に呼んだ。そして、

「ほら、挨拶《あいさつ》は？」

と背中をポンッと叩《たた》いて促《うなが》す。ところが、真っ赤な顔をして、うつむいてしまう。客が気を利《き》かせて、「何して遊ぶのが好き？」などと聞いてくれるのだが、言葉が出て来ない。幸太郎は、直人の将来が心配でたまらなくなった。

そんな父親の気持ちを察してか、千夏がこんな話を聞かせてくれたことがあった。

千夏と直人は子どもの頃、よく二人して商店街のパン屋に、おやつを買いに行った。その日は、クリームパンを一つずつ買い、近くの公園のベンチで二人で食べることにした。すると、ブランコで一人遊んでいる女の子が眼に入った。どこか淋《さび》しげに見えた。直人は女の子の元に駆け寄ると、クリームパンを差し出した。女の子は、受け取るのをこばんだ。遠慮《えんりょ》しているように見えた。

すると、直人はにっこり笑って何かボソボソッと言った。そして、クリームパン

を二つに割り、その片方を改めて差し出すと女の子はおずおずと受け取った。

千夏は、

「知ってる子？」

と尋《たず》ねた。

「同じクラスの子や。この前、朝礼の時に貧血で倒れたんや。たまたま保健室に行ったら保健室の先生が言うの聞いてしもうて。あの子んち、お母ちゃんおらへんのやて。それで朝ご飯食べんと学校来るて聞いたから……」

「何て言うたん？」

「僕、腹いっぱいやさかい食べてくれるか？ ……て」

「直人、ようしゃべれたなぁ」

「あっ、ほんまや」

どういう加減か、気安く話せる相手もいるらしい。

幸太郎は、この話を聞いて、嬉しくてたまらなくなってしまった。実は、同じような話を、父親から聞いたことがあったからだ。

まだ錦市場で商いをしていた頃、少し見栄《みば》えが悪かったり、傷みかけた野菜や果物を避《よ》けて、奥の箱に入れておいた。夜、シャッターを閉める間際《まぎわ》になると、生活に困った人が、人目を忍んでやってくる。それらを毎日、そっと渡していたというのだ。幸太郎の父は人情厚く、お客さんからも商店街の仲間たちからも慕《した》われていた。どうやら直人は、心やさしい祖父の血を引いているらしい。

それでも幸太郎が直人のことを心配するのをよそ目に、千夏は、

「絶対、直人はええ社長になるで、お父ちゃん」

と、いつも言うのだった。


直人は中学生になっても、人と話すのが苦手なまま。学校の成績は優秀なのだが、あいかわらず仲の良い友達もできないようだった。

幸太郎や母親、それに千夏とは、言葉数は少ないものの普通に会話できている。従兄の新ちゃんを始め、親しい親戚《しんせき》ともしゃべれる。しかし初対面の人や、大勢の前に出ると声が出なくなってしまうのだ。

ある時、馴染《なじ》みのお茶屋の女将《おかみ》、もも吉《きち》から知らせが届いた。お茶屋を衣替えして、甘味処「もも吉庵」を開業したという。先代の頃からの縁《えん》があり、早速《さっそく》お祝いに駆《か》けつけることにした。なんでも、麩《ふ》もちぜんざいが名物だというので、千夏と直人も連れていった。

店内に入ると、L字のカウンターに丸椅子《いす》が六つ。カウンターの向こう側は、畳敷きで、そこに、もも吉が座って出迎えてくれた。

麩もちぜんざいをご馳走《ちそう》になりながら、もも吉の娘の美都子《みつこ》も交《まじ》えて、話に花が咲いた。でもその間、直人は一言もしゃべらない。幸太郎はついに我慢できなくなり、

「なんや、直人！　美味《おい》しいですとか、ご馳走《ちそう》さまでしたとかも言えへんのか？」

と、きつく言ってしまった。礼儀作法に厳しい花街《かがい》である。もも吉に、「しつけがなっていない」と思われるのが嫌で、苛立《いらだ》ちを抑えきれなくなってしまったのだ。

そこでも千夏に、

「お父ちゃん、怒ったらあかん。そんなん言うたら、よけいにしゃべれんようになってしまう。直人は大器晩成《たいきばんせい》なんや。ゆっくりと見守ってやってや」

と、叱られてしまった。店内は一瞬、険悪《けんあく》な雰囲気になった。しかし、もも吉は微笑《ほほえ》んでこう取り成してくれた。

「おしゃべりの男はんより、ずっと頼もしおすえ」

おかげで場がいっぺんに和《なご》んだ。

翌日、もも吉にお礼の電話をした時、直人のことが心配だと言ったところ、

「そないにご心配どしたら、いっぺん、お医者さんに診《み》てもろうたらどないどす？」

と総合病院の高倉《たかくら》院長を紹介された。総合病院には、心療《しんりょう》内科や脳神経内科もある。思い切って高倉院長を訪ね、直人はいくつかの検査を受けた。その結果、直人は脳に異常があるわけではなく、発達障害でもないと言われ、まずは胸を撫《な》でおろした。

高倉院長も同席してくれ、心療内科の医師から、検査の結果を基《もと》に詳しい説明を聞いた。

いわゆる、周りの「空気が読めない」ために、一人だけ浮いてしまうわけではない。また、きちんと相手の気持ちを慮《おもんぱか》ることもできるし、冗談《じょうだん》もちゃんと理解できる。あえて言うなら、程度の強い「上がり症《しょう》」だというのだ。

人前で話そうとすると、手に汗をかき、心臓がバクバクと早鐘《はやがね》を打つ。そういう人は世の中に意外と多く、大の大人でも珍しくはないという。幸太郎は、自分が多弁な方なので、そう言われてても理解しがたい。

「焦《あせ》らんことや。症状を抑える薬もあるけど、直人君の場合には必要ない思う。時間をかけて、ゆっくり他人と話す訓練をしていけば、やがて自然に話せるようになるはずや」

また、何か原因になる出来事があって、それがトラウマになっている可能性もあると言われた。

幸太郎は直人が小学生の頃、家に来客があるたびに、「挨拶はどないした?」と叱った。それでも黙っているので、ついつい大声で「挨拶しなさい!」と怒鳴ったことを思い出した。それに怯《おび》えてしまい、ますます「上がり症」が悪化したのではないか。自分の責任かもしれないと思うと、胸が痛んだ。

高校を卒業すると、直人は東京の大学へ行って一人暮らしをしてみたいと言い出した。自分の力で「上がり症」を克服《こくふく》したいというのだ。心配でたまらなかったが、「よくぞ決心した」と、喜んで応援することにした。

弱音を吐《は》く電話の一本もよこさなかったが、相当な苦労があったことは想像に難《かた》くない。その甲斐《かい》があり、直人は大学四年間で、人前でかなりしゃべれるようになった。幸太郎は、「ひょっとしたら、会社を継がせられるかもしれないぞ」と思った。

卒業後、直人はシステム開発会社に就職した。親のコネを頼らず、自分で就活をした。比較的、人とのコミュニケーションを必要としない仕事を自分で調べて、そこに決めたのだ。就職試験は、教授の推薦《すいせん》と、徹底した面接試験対策で乗り切った。

これには、一足早く、社会人になっていた千夏が、一番に喜んだ。

ところが……。

半年も経たないうちに、会社を辞めて京都へ戻って来てしまった。塞《ふさ》ぎ込む直人に、恐る恐る理由を尋ねた。

システムエンジニアも、打ち合わせや会議が頻繁《ひんぱん》にある。入社試験の成績が抜群《ばつぐん》だったことから、大抜擢《だいばってき》されて自分の企画をチーム会議で発表することになった。ところが、「落ち着け、落ち着け」と言い聞かせるほど緊張が高まり、ホワイトボードの前に立ったまま、一言もしゃべれなくなってしまった。

一分近くも黙り込んでいたらしい。顔が真っ赤なので、熱でもあってよほど体調が悪いものと勘違《かんちが》いされ、上司に「病院に行ってこい」と早退させられた。

翌日から会社へ行くのが怖《こわ》くなり、辞表を出したという。

直人は、京都へ戻ると、部屋に閉じ籠《こ》もりがちになった。家族とも、ほとんどしゃべらない。いったん自信を持ちかけたところからの逆戻りで、よほどショックだったらしい。幸太郎は、居ても立ってもいられず、

「一緒に働けるところを探そう。急がんでもええ」

と、声を掛けると、直人は力なく頷《うなず》いた。

幸太郎は、専務の国男さんに、直人を託すことにした。その日から「研修」と称して、直人はさまざまな部署を回って働き始めた。当然のことながら、社員たちは

思ったようだ。「いよいよ、三代目が社長修業を始めた」と。だが幸太郎は、「もう社長を継がせるなどという高望みはするまい」と思った。

とにかく、直人には「働くことの喜び」を知ってもらいたい。ただ、それだけを願った。

木津川直人は、先月から八百京で働いている。

「上がり症」を克服するため、親に甘えていてはいけないと思い、上京した。最初は、アパートを借りる段から苦労した。不動産屋さんでは、耳が不自由なのだと勘違いされた。それでも、筆談をして契約することができた。

しかし、筆談に頼っていてはいつまで経っても進歩がない。相手に奇妙に思われても、ゆっくりゆっくりとしゃべるように努めた。銀行で預金口座を開き、大学の学生課窓口でさまざまな手続きをすることができた。

難関は語学の授業だった。英文の短編小説がテキストだ。学籍番号の若い者から順に音読する。次はいよいよ自分の番だと思うと、一週間も前から落ち着かない。とにかく、スラスラと読めるように、予習を万全にして備えた。にもかかわらず、テキストを手にして立ち上がったとたん、頭の中が真っ白になった。心臓がバクバ

クして一行も読めない。教授に、

「どうかされましたか?」

と尋ねられた。クラスのみんなの視線が、一斉《いっせい》に自分に向けられたのがわかった。たぶん顔は真っ赤だろう。ますます緊張して、テキストを持つ手が震え出した。

直人は、突然「あの日」のことが頭に蘇《よみがえ》った。


小学一年になったばかりの、国語の授業だ。担任の先生が、

「はい、最初に読みたい人?」

とみんなに言った。直人は、小学生になったら、友達をたくさん作ろうと思っていた。張り切って登校し、すぐに隣の席の女の子にもこちらから話し掛けた。すると好きなゲームのことで話が弾《はず》んだ。友達第一号だ。

先生にも好かれたいと思った。

「ハイッ!」

何人かが手を挙《あ》げたが、一番元気が良かったからと、直人が当てられた。

教科書を手に取ってパッと立ち上がった。ところが、心が逸《はや》り過ぎたのか、

「あほぃ……ん、ん?」

と、いきなり言葉が詰《つ》まった。教室は大爆笑になった。誰かが言った。

「アホやて」

「あはは、アホアホ」

直人は、「あおいそら」というところを、読み損《そこ》ねてしまったのだ。

友達になったばかりの、隣の席の女の子を見ると、直人を指さしてケタケタと大笑いしていた。それ以後、先生に当てられても教科書が読めなくなった。クラスの子たちとも、話すのが苦手になってしまったのだ。


「ええっと、木津川さん」

教授の声で、大学の教室に引き戻された。

「あなた、上がり症なんだね。無理しなくてもいいよ、座りなさい。僕の試験はペーパーだけだから、リーダーができなくても単位とは何も関係ないからね。はい、じゃあ後ろの人、読んでください」

あまりにもあっさりと「上がり症なんだね」と言われ、拍子《ひょうし》抜《ぬ》けした。別に怒られるわけでもなく、単位にも支障《ししょう》ないという。なんだか気持ちが楽になった。

人生、何が功《こう》を奏《そう》するのかわからない。これがきっかけとなり、直人は徐々にクラスメイトと話ができるようになった。開き直れたのかもしれない。少しずつではあったが、初対面の人とも話ができるようになった。

なんとか就職試験も突破し、システム開発の企業に就職した。上京して、一人で切り開いた道だ。頑張った甲斐があったと嬉しくなった。

ところが……配属先のチームでの最初の会議で、再び同じ事が起きてしまった。ホワイトボードを背にして、一言もしゃべれなくなってしまったのだ。せっかく、「上がり症」が治りつつあったのに……。

直人はショックで会社に行けなくなってしまった。そのまま辞表を書いて京都に帰った。また振り出しに戻ってしまったのである。


そんな直人を励ましてくれたのは、姉の千夏だった。

「元に戻っただけや。また一から始めたらええ」

そう言い、八百京に入社できるように父親に働きかけてくれた。

翌日から、専務の国男さんが、さまざまなポジションで「研修」と称して仕事をさせてくれた。国男さんは、幼い頃から直人のことを可愛《かわい》がってくれている。

経理、総務、コンピュータ室……と仕事を異動した。どの部署でも、「次期社長や」というひそひそ声が聞こえた。それが直人には大きなプレッシャーになった。最初の挨拶、「よろしくお願いいたします」という一言さえ出ない。ましてや、社外の人とはほとんどしゃべれない。以前よりも、症状が悪化しているかもしれない。嫌でもあちらこちらから、噂《うわさ》が耳に聞こえてしまう。

「社長の息子さん、あかんで……」

直人は、心が折れそうになった。それでも、姉の千夏は励ましてくれた。

「きっかけや。直人に合う仕事を見つけて、なんかしら一つ、上手《うま》くいくきっかけがでけたら、それが自信になって、ええ方へええ方へと回って行くはずや。そないしたら、きっと自然に誰とでも話せるようになる。うちはそう信じてる」

「おおきに、お姉ちゃん」

本当は、八百京も辞めて、家に引き籠もりたいと思っていた。

朝、ベッドから起き上がるのが辛い。会社を辞めたい。逃げ出したい。かろうじて、父や千夏を悲しませたくないという気持ちから、辞表を書くのを思い留まった。

若王子美沙《わかおうじみさ》は、今朝《けさ》一番で、満足稲荷《まんぞくいなり》神社にお参《まい》りしてきた。

ガイドブックにもなかなか載っていない、知る人ぞ知る神社である。太閤豊臣秀吉《たいこうとよとみひでよし》が、伏見桃山城《ふしみももやまじょう》の守護神《しゅごしん》として勧請《かんじょう》したという謂《いわ》れがあり、「余《よ》は満足じゃ」と言ったとか。その後、江戸時代に徳川綱吉《とくがわつなよし》により東大路仁王門《ひがしおおじにおうもん》に遷祀《せんし》され、出世や商売繁盛《はんじょう》の御利益《ごりやく》があることから、「満足さん」と呼ばれて親しまれている。

若王子が、念を込めてお祈りすると、どこからか声が聞こえた。

——願いをかなえて進ぜよう——

「え？」

慌《あわ》てて瞳を開いて辺りを見回す。しかし、他に参拝者は誰一人いない。

「ひょっとして、お稲荷様が……」

若王子は、眼を閉じて、もう一度手を合わせた。

若王子美沙は、つい先日まで、風神堂《ふうじんどう》の南座前店《みなみざまえてん》の副店長をしていた。

風神堂は、安土桃山《あづちももやま》時代から続く京都の老舗《しにせ》和菓子店である。銘菓《めいか》「風神雷神《ふうじんらいじん》」は進物《しんもつ》の高級ブランドとして知られ、大手百貨店にも出店している。

その風神堂の数ある支店のなかでも、南座前店はもっとも来店客の多い旗艦店舗《きかんてんぽ》だ。もっともっと成績を上げて、次は店長になる。それが若王子の夢だ。

ところが、突然、京極《きょうごく》社長から烏丸《からすま》五条工場の副工場長を拝命してしまった。以前、この工場で、銘菓「風神雷神」の製造ラインの班長を務めていた実績を買われてのことだった。「副」と付くが、工場長は本社の製造部長と兼任しているので、たまにしか顔を出さない。実質的に、現場の責任者だ。

風神堂には、巷《ちまた》ではライバルと噂されている和菓子屋がある。雷神堂《らいじんどう》だ。ついひと月ほど前、祇園祭《ぎおんまつり》が始まって早々のことである。記録的な豪雨が京都を襲い、宇治川《うじがわ》が決壊《けっかい》してしまった。そのせいで雷神堂の竣工《しゅんこう》したばかりの宇治工場が、水に浸《つ》かって菓子が作れなくなってしまった。雷神堂は倒産の危機に見舞われ、十七代を継承したばかりの若い社長は、自ら命を絶つことまで考えたという。

創業当時、風神堂と雷神堂は一つの店だった。繁盛し過ぎたことから、創業者は息子二人が慢心《まんしん》することを恐れた。そこで、店を二つに分かち、兄弟それぞれが営《いとな》むことになった。そのため、両社の家訓はまったく同じなのだ。それは、

「競いて、助け合うべし」

切磋琢磨《せっさたくま》して商《あきな》いを伸ばし、天変地異《てんぺんちい》や戦《いくさ》、火災などが起きた際には、お互いに助け合ってそのピンチを乗り切るべし、という教えだ。それに倣《なら》い、風神堂の社長は、雷神堂の若い社長に、

「うちの『風神雷神』を作っている烏丸五条の工場の製造ラインの半分を、『雷神堂』さんに使《つこ》うてもらいたいんや。片や『風神雷神』、片や『風雷饅頭《まんじゅう》』と名前が違《ちご》うてるだけで、中身は同じお菓子やさかいになぁ」

と言い、手を差し伸べた。そこで若王子に白羽の矢が立った。両社の社員が一緒

に上手《うま》く働けるように、現場の調整をするという大任を仰《おお》せつかったのである。

ここで実績を上げたら、夢の実現に一歩近づく。

さて、いざ着任してみると、トラブルの連続だった。製造する商品は同じなのだが、形が違う。共に長方形なのだが、風神堂の「風神雷神」よりも雷神堂の「風雷饅頭」の方が、やや細長いのだ。そのため、包装機械の手直しが必要になった。

一番に困ったのは、人手不足である。一つの工場で、二つの会社の製品を作るため、早朝から深夜までフル稼働《かどう》しなければならない。とはいっても、社員やアルバイトの健康管理も大切なので、交代制を敷《し》かなくてはならない。そこで、大急ぎで不足する人員を、あちらこちらの支店に応援要請《ようせい》することになった。


若王子美沙は、「ふう～」と、声に出して溜息《ためいき》をついた。

「なんで、またあんたなんや」

「すみません。人事から、今日から工場へ助《すけ》っ人《と》に行ってくれって……」

目の前には、つい先日まで、南座前店で一緒に働いていた斉藤朱音《さいとうあかね》が立っていた。

朱音は、新人研修中からミスを連発して有名になった。にもかかわらず、入社一年目に社長秘書に抜擢《ばってき》されて、周囲は驚いた。風神堂では観光シーズンになると、各支店へ本社の間接部門の社員が応援にやってくる。ある日、若王子が副店長をしていた南座前店に、この朱音が派遣《はけん》されてきたのだ。

しかし……のろまで手先が不器用。いくら教えても商品の包装が上手《うま》くできない。また、観光客から道を尋《たず》ねられると、そこまで一緒について行ってしまう。応援を頼んだのに、かえって足手まといになってしまうのだ。

それなのに、なぜか朱音は一部のお客様にすこぶる評判が良い。朱音を指名して、大口の注文が舞い込んだりもする。初めの頃は不思議に思っていた若王子も、近頃はその理由をなんとなく理解できるようになってきた。それは「おもいやり」だ。

朱音は、仕事が遅い。でも、一人のお客様に対して、とことん誠意を尽くす。それがお客様の心に響《ひび》き、気付くと朱音のファンになってしまっているらしい。でも、若王子のモットーである「笑顔でテキパキ」「能率効率」とは、まさしく真逆の「非効率」人間。いつもイライラさせられてしまう。

「工場はてんてこ舞いなんや。すぐにこっち来て、手伝《てつど》うてや」

そう言い、朱音を製造ラインの一員に組み込んだものの……やっぱり。半日も経たないうちに、他の社員から泣きつかれた。

「あの朱音ちゃんいう子、かんにんしてください。作業が遅うてコンベアのテンポに合《お》うてへんのです。出来上がったばかりの風神雷神は床に落とすし」

助っ人どころか、ここでも足手まといだ。

そこで、若王子は閃《ひらめ》いた。ゆっくりでもできる仕事である。毎日、さまざまな原材料が、各問屋さんから工場へと配送されてくる。小豆《あずき》に砂糖、烏骨鶏《うこっけい》の卵に小麦粉、水あめにハチミツなどだ。包装容器や機械のメンテナンスに使う油や洗剤もある。配送トラックが到着したら、納入した物をすべてチェックしてノートに記録。そして、倉庫へと搬入する。

今は、現場責任者の若王子がやっているが、トラックが頻繁《ひんぱん》に到着するので、そのたびにラインを離れなくてはならない。朱音に任せることができたなら、自分の仕事の能率もアップする。

「あんた、これならでけるな」

「はい、気張《きば》ります」

「なんも気張らんでもええ！　余計なこと考えんと、間違えんようにやってくれたらええんや。ほな、頼むでぇ」

朱音を工場裏手の搬入口に残すと、再び製造ラインへと戻った。だが、なんだか悪い予感が心の中に湧き上がってきて、ぞくぞくっと身震《みぶる》いがした。

（まさか、助っ人に朱音が来るなんて……）

満足稲荷さんの声は、どうやら空耳《そらみみ》だったらしい。

斉藤朱音は、自分でもよく自覚していた。

小学校の頃から、「ノロマでダサイ」と言われ続けてきた。就活生に人気の風神堂に就職できたのも、また社長秘書の仕事に就《つ》けたのも、奇跡《きせき》のようなものだと。

風神堂に入社してすぐの現場研修では、ミスの連続。生菓子《なま》の製造工場では、もたもたして、何度もラインを止めてしまった。そのたびに、「ウ～ウ～」というサイレンが工場内に響きわたる。

「また、あの新人さんや」

と、パートの人たちにいつも苦笑《にがわら》いされていた。各店へ商品を届ける配送車に積み込みをする仕事でも、もたもたしていて時間に遅れて叱られた。

五月の正式な配属で、社長秘書を命じられた時には、

「きっと、大きなミスして取り返しのつかへんことにならないように、仕方がないから社長室に置いておこう、ってことになったらしいで……」

そんな噂が、まことしやかに社内に流れたほどだ。辛くて、何度も会社を辞めようと思った。そんな時、心に蘇《よみがえ》るのは可愛《かわい》がってくれたお婆《ばあ》ちゃんの言葉だ。

「普通のことを、ちゃんとしていればいいよ」

これがなかなか難しい。「普通」も「ちゃんと」も、なかなかできなくて悩み続

けている毎日だ。

今回、朱音は初めてのところへ応援を命じられた。烏丸五条工場だ。七月の豪雨で被害に遭《あ》った、雷神堂に製造ラインの一部を貸すことになったためである。朱音は、「困った人のお手伝いができる」と思うだけで嬉しくてたまらなかった。

いざ、工場へ初出勤してびっくりした。

つい先日まで、南座前店でお世話になっていた副店長の若王子が、副工場長として一足先に着任していたからだ。若王子には、ずっと迷惑かけ通し。接客や包装がスムーズにできないので、叱られてばかりだった。ここは汚名返上。いや、いつも自分の尻ぬぐいをしてくれている若王子に恩返しをする良い機会だ。

……と決意したのも束《つか》の間、早々に製造ラインを止めてしまった。

またまた若王子にあきれられてしまい、即刻、ラインからはずされた。

「ついて来てや」

と言われたのは工場の裏手、搬入口だった。そこで、トラックで配送されてきた原材料のチェックをして、倉庫へ運び込む仕事を与えられたのだ。どんなことでも、ピンチに陥っている雷神堂の役に立てると思うと嬉しくなった。「気張ります」と言うと、若王子に念押しされた。

「なんも気張らんでもええ！　余計なこと考えんと、間違えんようにやってくれたらええんや。ほな、頼むでぇ」

それでも朱音は、精一杯、気張ろうと思った。

直人が八百京に中途入社して、ひと月が経った。

専務の国男さんのはからいで、しゃべる必要の少なそうな部署を選んで仕事の手伝いをさせてもらった。経理、総務、コンピュータ室……。しかし、一日その場にいるだけで、どこでも、頻繁に会議や打ち合わせがあることがわかった。そうなのだ。しゃべらなくてもいい仕事など、会社組織の中であるわけがないのだ。

結局、父親の会社でも何の役にも立たないことがわかった。昼食後、休憩《きゆうけい》室で一人落ち込んでいると、目の前にコーヒーが差し出された。国男さんだった。

「直人君は、何をしてる時が楽しいんや？　遊びでもええし、スポーツでもええし」

国男さんには、幼い頃から可愛がってもらっている。そのせいか、緊張することなくスラスラと言葉が出る。

「ええっと、車の運転……かなあ」

「東京にいた時は、女の子乗せてドライブでもしたんか？」

直人は、かぶりを振った。彼女なんてとんでもない。でも、今は父親の車を借りて、一人ドライブに出掛けることが多い。車の中で、好きな音楽を聴いていると、心の靄《もや》がスーッと晴れる気がするのだ。

国男さんが、思わぬ提案をしてくれた。

「そないしたら、運転の仕事はどないやろ」

「運転の仕事？」

「うちのグループの八百京運輸《うんゆ》で、ドライバーが足らんで困ってるんや。最初は、スーパーの仕入れに使《つこ》うてたトラックなんやが、顔の広い社長が友達の会社から『ちょっと運んでくれへんか？』て荷物を頼まれる事が多くてなあ。そこに目ぇつけて運送会社を始めたんが設立のきっかけや。小回りが利くトヨエースが中心やから普通免許でかまへんさかい、直人君でもでける」

「え!?　僕がトラックドライバー？」

たしかに、運転している最中は、誰とも話す必要がない。納品のチェックも、書類を提示すれば済むに違いない。

当たって砕けろ！　と思った。どうせどこに行っても役立たずなのだから、もう怖いものはない。その翌日から、直人はハンドルを握った。

今日も幸太郎は、朝から八百京グループの店舗を回っていた。

スーパー八百京・八幡店の裏口に到着した。

目の前を、ツバメが何羽も飛び交って行く。

どれが親でどれが子どもか、もうわからない。

子ツバメたちは、どうやら立派に育ったようだ。


幸太郎は、店内を視察中、思わぬ人から声を掛けられた。

「あら、木津川社長はん」

振り返ると、もも吉の娘の美都子《みつこ》が姿勢を正してお辞儀《じぎ》をした。

「美都子さん、どないされたんですか？」

スーパーの店内に、まるで一流ホテルのベルガールが現れたようだ。広い襟《えり》のついたシルバーグレーのベストに紺のスーツ。上着の両袖とスラックスの脇には、縦に二本、山吹色のストライプが走っている。首筋には、有名なミラノブランドのスカーフが、ネクタイのようにキュッと巻かれていた。それが、個人タクシードライバー美都子の制服なのだ。

美都子は、元々、祇園甲部《ぎおんこうぶ》の芸妓《げいこ》をしていた。それがある時、タクシードライバーに転身して世間をあっと驚かせた。つい最近、再び芸妓の仕事にも復帰し、昼も夜もとフルに働いている。

「へえ、今日は群馬《ぐんま》からお越しのお客様を石清水八幡宮《いわしみずはちまんぐう》にご案内させていただいたんどす。お客様は農家をしておられるとかで、『京野菜を見てみたい』っておっしゃられまして。それでこちらのお店に立ち寄らせていただいたんどす」

石清水八幡宮は、平安時代の初めに八幡信仰の総本宮・宇佐《うさ》八幡宮から勧請された神社だ。地元の人々からは「やわたのはちまんさん」と親しみを込めて呼ばれ、社殿は国宝に指定されている。

美都子の後ろに、初老の夫婦が立っていた。

「それはそれは、ようおこしいただきました」

幸太郎は、早速、すぐそばに並んでいた賀茂《かも》ナスを手に取った。

「まん丸でおもろい形でっしゃろ。実いがぎっしり詰まっていて、煮ても焼いても崩れにくいんですわ。何といっても田楽《でんがく》が美味《おい》しおす。西京《さいきょう》味噌《みそ》でも赤味噌でもどっちも相性がええ……」

幸太郎は店内を案内したあと、夫婦がトイレに行っている間、タクシーのところで待つことにした。ぼんやり飛び交うツバメを見ていると、美都子に、

「社長はん、なんやいつもよりお元気がないような……」

と、心配顔で尋ねられた。幸太郎は素直に、「わかりますか」と答え、続けて無意識にこう口にしていた。

「もも吉お母さんに、相談に乗ってもらえへんやろか」


翌日、幸太郎は仕事のスケジュールをやりくりして、「もも吉庵」を訪れた。

「ようおこしやす」

「こんにちは」

もも吉の着物は薄茶色で波に芦模様《あしもよう》。帯は黒地で市松模様、帯締めは水色と、この暑さの中でも涼しげな佇《たたず》まいである。

先客がいた。建仁寺塔頭《けんにんじたっちゅう》の満福院《まんぷくいん》住職の隠源《いんげん》と、その息子で副住職の隠善《いんぜん》だ。角の丸椅子《いす》で猫が丸まっている。幸太郎が上着を脱ぐと、

「ミァ〜ウ」

とひと鳴きしてこちらを見た。アメリカンショートヘアーのおジャコちゃんだ。

「そうやそうや、鰹節《かつおぶし》持ってきたでぇ。あとで夕ご飯の時にもろうてな」

と、もも吉に包みを手渡した。まるで、言葉を解してお礼を言うかのように、

「ニィ～ニィ～」

と、甘えた声で鳴いた。

「さあさあばあさん、麩《ふ》もちぜんざい、早《は》よ出してぇな」

隠源が、もも吉を急《せ》かす。

「じいさんに言われんでも、もうでけてます」

そう言うと、まもなく清水焼《きよみずやき》の茶碗《ちゃわん》がみんなの前に置かれた。

「どうぞ、召し上がっておくれやす」

幸太郎は、ふたを取るなり「あっ」と声を出してしまった。もも吉の麩もちぜんざいは何度も食べたことがあるが、いつもの小豆色とは違う。抹茶《まっちゃ》色なのだ。

「今日は、うちが大好きなお店のメニューを真似《まね》して作ってみましたんや」

隠源が言う。

「もうわかったでぇ。『梅園《うめぞの》』さんの『抹茶栗白玉《くりしらたま》ぜんざい』やな」

「さすが、血糖値が高いだけのことはあるわ。食べ過ぎには注意しなはれや」

「せっかくこれから機嫌よう食べよう思うてるのに……」

隠源は、すねて口を尖《とが》らせた。もも吉庵に通ってずいぶんと経つが、もも吉と隠源の会話にはいつも心が和む。

「甘党茶屋　京　梅園」は、みたらし団子やクリームあんみつなど、名前の通り甘いもん好きにはたまらないメニューがずらりと並ぶ、甘味処だ。市内には、清水店や三条寺町店の他、いくつか店を構えている。

「ちょくちょく河原町《かわらまち》店に寄せてもろうてるんやけど、白玉を麩もちに置き換えて拵《こしら》えてみたんどす。やっぱり小豆とお抹茶いうんは最高の取り合わせどすなぁ」

幸太郎が「ご馳走さまでした」と匙を置くと、もも吉が言った。

「美都子から、話は聞いてます。直人君、今も人と話するんが苦手なんやてなぁ」

「はい、どないしたらええんか悩んでます」

「直人君本人も、しんどいやろうなぁ」

「はい、辛い思います。直人のことが心配で心配で……」

幸太郎が、言い終わらぬうちに、もも吉が一つ溜息をついた。裾《すそ》の乱れを整えて座り直す。背筋がスーッと伸びたかと思うと、帯から扇《おうぎ》を抜いて小膝《こひざ》をポンッと打った。ほんの小さな動作だったが、まるで歌舞伎役者《かぶきやくしゃ》が見得《みえ》を切るように見えた。

「あんさん、間違《まちご》うてます」

「え⁉」

幸太郎は、ハッとしてもも吉を見つめる。

「ええどすか。おしゃべりが苦手やいうんはわかりました。そやけど、直人君には、不得手《ふえて》な事を補《おぎの》うてもまだ有り余る、隠された大きな能力があるかもしれへん。それに気付いて、伸ばしてやるんが親の務めやないかと、うちは思いますえ」

「あいつに隠された能力が……？」

厳《きび》しい眼つきをしていたもも吉の口元が、フッと緩《ゆる》んだ。

「たしか、直人君がまだ中学生の頃やった思う。あんさんが、直人君のことをうちの前で叱らはった。『美味しいですとか、ご馳走さまでしたとかも言えへんのか』って」

「はい、よう覚えてます。最低限の礼儀作法だけはきちんと躾《しつ》けたくて」

もも吉は、幸太郎の瞳を見つめて言った。

「その数日後のことや。直人君から手紙をもろうたんや」

「え？　直人が手紙を？　……」

幸太郎には初耳だった。

「子どもさんから手紙もらうなんてこと、めったにないことや。そやからよう覚えてます。たしか、こないなことが書かれてありました。『この前は、たいへん失礼をいたしました。僕はおしゃべりが苦手で、人前に出ると緊張して言葉が出なくなってしまいます。どうかお許しください。ところで、もも吉お母さんの声が少し嗄《か》れておられるようにお見受けしました。お風邪《かぜ》を召しておられるのでしょうか。もう治られましたでしょうか。釈迦《しやか》に説法と存じますが、幼い頃から風邪で喉を傷めた時には、キンカンハチミツを湯で溶いたものを飲ませてもらい症状が軽くなりました。一度、お試しください。どうかくれぐれもお身体《からだ》を大切にしてください……』いうような内容やった」

幸太郎は、言葉が出ないほど驚いた。

「ほんま心根《こころね》のやさしい子や。木津川はん。直人君のこと、よう信じてあげなはれ」

幸太郎は、小さく頷《うなず》き、壁の花入れに活《い》けられた芙蓉《ふよう》を見つめた。

朱音は、たった一日でへとへとになってしまった。

烏丸五条工場の裏口には、小型トラック三台ほどが停まれる駐車スペースがある。そこへ、何台ものトラックがやって来る。裏口に面する通りは細くて一方通行。そのため、トラックが到着するたびに、朱音は飛び出して行く。他の車やご近所に迷惑にならないように、バックで駐車できるように誘導《ゆうどう》するのだ。

そのあと、ドライバーさんと一緒に倉庫へ荷物を運んでいたら、暑さで頭がボーッとしてきた。梱包用段ボールを届けてくれた年配のドライバーさんに、

「お嬢ちゃん、ちゃんと水飲まんと熱中症になるでぇ」

と注意され、朝からずっと水分を摂《と》っていないことに気付いた。

今は一年でもっとも暑い時期だ。洛中では、コンクリートの照り返しとエアコンの室外機から発せられる熱風が加わり、なおさらである。

搬入を終えた年配のドライバーさんから、申し訳なさそうに頼まれた。

「悪いんやけど、駐車場の隅にある水道栓を使わせてもらえへんやろか。シャツもズボンも汗でベタベタなんや。せめて、そこで頭から水を被《かぶ》りたいんやけど、あいにく蛇口のハンドルが取り外してあるんや」

「わかりました！」

そう答え、朱音は工場の事務所へ走った。ちょうど若王子が、食事から戻って来たところだった。事情を話すと、けんもほろろに断られてしまった。

「つい先週も頼まれて、ドライバーさんに貸したんや。ところがその人、顔洗ったあと、ハンドル返さんと持って行ってしもうて難儀《なんぎ》したでぇ。ようやく注文したスペアが届いたばっかりや。あかんあかん」

「でも……そこをなんとか」

「そないに言うなら、あんたがちゃんと責任もって管理でけるか？」

「はい、私が責任持ちます！」

朱音は、若王子からハンドルを受け取って、裏口へと駆《か》けた。

年配のドライバーさんはホースを使って、本当に頭から水を浴びた。朱音は自分も同じように水を浴びたいと思うほど汗だくだったが、なんとか思い留まった。

「ああ～気持ちええ～、おおきに、お嬢ちゃん」

ドライバーさんの爽快《そうかい》そうな顔を見て、朱音はいいことを思いついた。


直人は、トラックドライバーの仕事に就いて、三日が経った。

そのたった三日の間、どこへ行っても怒鳴《どな》られっぱなしだ。

山科《やましな》の倉庫で荷物を受け取り、北山《きたやま》の建設会社へ届ける途中、渋滞に遭った。観光バスと乗用車の接触事故が原因らしい。ようやく抜けてたどりつくと、

「遅い！　どういうつもりや！」

と、いきなり大きな体つきの担当者に怒鳴られた。ただでさえ、初対面の人と話すのが苦手なのに、びくびくすると説明しようにも余計《よけい》に言葉が出てこない。

翌日は、製麺所へ小麦粉を届ける仕事だった。言われるままに、倉庫へと小麦粉の袋を運んだ。帰ろうとすると、店主らしき男性に呼び止められた。

「こっちへ来い！」

と言う。再び倉庫へ行くと、小麦粉の袋を指さして言われた。

「よう見てみぃ。汗が点々とついてるやないか。どないしてくれるんや」

見ると、袋に僅《わず》かに染みが付いていた。

「す、す……」

「すみません」と言いかけて、「あれ？」と思った。店主が指さす袋は手前の方にあり、今日、直人が搬入《はんにゅう》したものではない。そういえは直人と入れ替わりに出て行った配達員がいた。

「会社に文句言うてやるさかい覚悟しとけ！　代わりの業者はいくらでもあるんや」

直人は虚《むな》しかった。言葉が出ないのは、自分の責任だ。でも、「業者」と呼ばれると、どこかしら虚しさを覚えてしまうのだ。短い期間だったが、東京でシステム開発の仕事をしていた時、会社の先輩たちがよく「業者」という言葉を口にしていた。

「こんなもん業者にやらせとけ」

「業者のくせにえらそうに」

協力会社のことを「業者、業者」とさげすむような言い方を耳にするだけで、辛くなったことを思い出した。

結局、反論を口にできず、誤解を受けたまま、ペコリと頭を下げて帰った。

この仕事もだめだ。

ドライバーとしても、ハンドルを握っても、役に立たない。

落胆《らくたん》し悩みながら、七日目のことだ。

朝一番で大阪郊外まで高速に乗り、穀物問屋《こくもつどんや》で小豆《あずき》を積み込んで京都へととって返した。伏見稲荷《ふしみいなり》と、豊国《とよくに》神社近くの和菓子屋さんで荷下ろしした。倉庫とトラックの間を小豆の入った重い袋を担《かつ》いで何往復もした。段差があり、荷車が使えないのだ。

トラックに戻り、エンジンを掛ける。

「え⁉」

どうしたことか、ちっとも涼《すず》しくならない。故障《こしょう》だろうか。吹き出し口から冷たいどころか、生温《なまぬる》い風が出てくる。

「こんな日に、ついてない……」

午後四時を過ぎているが、まだ太陽が照り付けている。まるでサウナに入っているような状態のまま、最後の配達先に到着した。

風神堂の烏丸五条工場だ。直人は、ここの「風神雷神」というお菓子が大好きだった。幼い頃、よくお婆ちゃんにねだって買ってもらったことを覚えている。

駐車スペースの前まで到着すると、若い女性が走って来た。両手を使って「こっちへ」というポーズを取った。直人はそれに従い、車をバックで駐車させた。こんな気遣いをしてもらったのは初めてだ。

トラックから降りたとたん、目眩《めまい》がした。いくら水分を摂っても、すぐに汗になって出てしまうのだ。思わずしゃがみ込む。

「はい！　どうぞ木津川さん」

目の前に、プラスチック製のマグカップが差し出された。表面にはびっしり水滴がついている。

この仕事に就いて一週間。それでも、配達した先は三十か所以上にも及ぶ。その中で、自分の名前で呼んでもらったのも初めてだった。たいていは「おい！」とか「君《きみ》」と呼ばれる。「八百京さん」と会社名で呼ばれたらいい方だ。

たぶん、トラック後部に掲示してあるドライバー名のプレートを見てくれたのだろう。それだけのことだが、心が温かくなる気がした。

「ご馳走になります」

初対面なのに、なぜかスーッと言葉が口に出た。歳は自分と同い年くらい？　ぽっちゃりとした体形で背が低い。どこかやぼったいが、笑顔が素敵だと思った。胸の名札を見ると「斉藤」とある。

直人はカップを受け取ると、一気に飲み干した。キンキンに冷えている。

「あ〜ウマイ！」

「もう一杯いかがですか？」

まるで、喫茶店のスタッフのように言う。図々しいと思いつつも、

「お願いします」

と答えていた。カップを返すと、すぐに荷物の確認作業に入った。直人がトラックの後部ドアを開けると、斉藤さんは小さな踏み台を手にして戻ってきた。

「私、背が低いから……」

と、はにかんで言い、その上に乗った。「手伝います」とも言わず、まるで当然のごとく、「よいしょっ」と自分で掛け声をかけて小豆の袋を肩に担いだ。多くの搬入先では、「ちゃんと入れといてくれよ」などと、当然の如《ごと》く命じられることが多いのに。

二人して、倉庫へと小豆の袋を運ぶ。汗の乾かぬうちに、さらに汗が滝のように噴《ふ》き出す。斉藤さんは事務服を着ているが、自分と同じように汗で濡《ぬ》れてしまっている。それなのに全部運び終わると、またまた水を持ってきてくれた。

「お疲れ様でした。はい、どうぞ」

「ありがとうございます。こんなに美味しい水は初めてです」

今度も、緊張せず素直に感謝の気持ちを伝えられた。

「いいえ、どういたしまして。でも、どうかされたんですか？」

「え？」

「だって、眼が紅いから……」

言われて気付いた。目頭が熱い。辛い事ばかりが続く仕事の中、こんなにやさしくされたのはいつぶりだろう。堪《こら》えようとしたら、反対に涙があふれてきた。

「アカネちゃ～ん！　ちょっと小豆の在庫のこと教えてや」

倉庫から顔を出した、四十歳ぐらいの男の人が大声で言った。白い作業服を着ているので、菓子の製造に携わっている人だろう。

（斉藤アカネさんて、言うんだ……）

直人は、心の中で、その名前を反芻《はんすう》した。


朱音は、嬉しくて飛び跳《は》ねたくなった。

昨日から、ドライバーさんに冷たい水を提供し始めたら、大好評なのだ。エアコンをかけて運転していても、みんな汗だくで到着する。

今日、大阪の問屋から小豆を運んでくれた八百京運輸のドライバーさんなどは、たった一杯のお水に感激して涙まで流してくれた。朱音は、「そうだ！」と声に出し、若王子のところへ駆けた。またまた良いアイデアを思い付いたのだ。

「あかんあかん。そんなに気張らんでもええて言うたやないか」

「でも……」

「そんな冷蔵庫なんて買う予算はないでぇ」

「でも、タダなんです」

朱音が若王子に提案したのは、裏口の倉庫前に冷蔵庫を設置することだった。今は、事務所にある冷蔵庫で水を冷やし、氷を入れてドライバーさんに提供している。その水は、朱音が早起きをして出勤前に、市比賣《いちひめ》神社で汲《く》んできたものだ。市比賣神社は、女性の守り神として崇拝《すうはい》されてきた神社だ。境内《けいだい》に湧きだす「天之真名井《あめのまない》」は、古来には皇室の皇子《みこ》・皇女《ひめみこ》の産湯《うぶゆ》に用いられていたといわれる名水だ。

朱音の本職の肩書は風神堂の京極社長の秘書だ。今日も応援で工場に来ているが、来週は三日間、社長のお供で上京しなければならない。これからも時々あるだろう。すると、ドライバーさんたちに冷たいお水を提供できなくなる。そこで、ペットボトルに入れた井戸水を冷蔵庫に入れておいたら、いつでも自由に飲んでもらえると思ったのだ。

縁あって土曜日の午前中、榎本《えのもと》接骨治療院で、杖やシルバーカーで来院する患者さんのヘルプをするボランティアをしている。その患者さんの一人が、引っ越しをすることになり冷蔵庫を買い替えると言っていた話を思い出したのだ。古い冷蔵庫は、処分するにも法律でお金がかかってしまう。それを譲《ゆず》ってもらおうというわけだ。

「タダなら、あかん言う理由はあらへん。その代わり、あんたが責任もって管理するんやで、ええな」

若王子は、苦笑いしながらも認めてくれた。

「ありがとうございます、副工場長さん。それから……」

「なんやその眼ぇは。あかんあかん、これ以上聞かへんでぇ」

そう言い、若王子は両耳を手でふさいだ。

「お願いが……私が東京へ出張している間の三日間だけでいいので……」

若王子は、眉をひそめて、

「知らん知らん、うちは聞かへんでぇ」

朱音は、満面《まんめん》の笑顔で一気にしゃべった。

直人は、風神堂の烏丸五条工場への運送の仕事が続いている。

毎回、あの冷た～い水を飲むのが楽しみでたまらない。水なら、街中ならどこででも自販機でミネラルウォーターを買える。でも、風神堂で出してくれる水は、格別の味がするのだ。何か秘密でもあるのだろうか。それとも、あのぽっちゃりのアカネさんが、にっこり笑って出してくれるから美味しく感じるのだろうか。

今日も、配達先で怒鳴られた。以前なら、鬱々《うつうつ》とするところだが、アカネさんの水が飲めると思うだけで、嫌なことが全部、帳消しになってしまうから不思議だ。


「あれ？」

今日は、アカネさんが中から飛び出してこない。仕方なく、行き交《か》う人に注意しながら、バックで駐車する。通用口のドアから呼んだ。

「すみませ～ん、八百京運輸です～！」

面と向かってでなければ、大声も出せるのだと自分でも驚いた。奥の方から、白い作業服を着ている女性が出てきた。名札には、「副工場長　若王子」とあった。

「ああ、小豆が届いたんやね。あとでチェックするさかい、いつものように倉庫に入れ終わったら、また声掛けてや」

直人は、言われるまま袋を倉庫へと運んだ。

再び、副工場長を呼びに行こうとして、倉庫の扉の横に置いてある白い冷蔵庫に目が留まった。扉には、手書きのメモが、マグネットで止めてあった。

冷たい麦茶です。
ご自由にお飲みください。

冷蔵庫の横のテーブルには、いくつものコップが伏せて置いてある。

扉を開けると、大きなプラスチック製のポットが五つ入っていた。もう喉がカラカラで、直人は迷うことなくコップに麦茶を注《そそ》いだ。一気に飲み干す。厚かましいとは思ったが、もう一杯注いだ。すると、後ろから声が聞こえた。

「あの娘のせいで、えらい目に遭《お》うてるんや」

ドキッとして振り向くと、副工場長が立っていた。直人が、何も答えないのに、一人でしゃべり始めた。

「最初は、冷蔵庫を置きたいて言うんや。そんな予算はないでぇ、て言うたんや。そないしたら、冷蔵庫はタダでもろうてくるからどないでしょうて。そんなん、タダや言われたら、反対する理由はあらへん。ま、電気代はかかるけどな。ところが、や。冷蔵庫で麦茶を冷やしたいて言い出すんや。もう麦茶は買《こ》うてあります、て。そこまで言われたら、会社の経費で出さんわけにはいかへんやろ」

　直人は、「あの娘」というのは、アカネさんのことに間違いないと思った。

「問題はここからや。あの娘、自分が責任もってやります、て言うてたのに……東京出張で来られんさかい、その間、うちに麦茶作って冷蔵庫に入れてくれって……。ほんまこの忙しいのに難儀なこと押し付けて。どうや、美味しいやろ。うちが作ったんやでぇ、美味しいやろ」

　そこへ、真っ黒に日焼けした他の運送会社のドライバーがやって来た。冷蔵庫を開けて麦茶のポットを取り出す。

「ほんま助かるなぁ。風神堂さまさまや」

と、笑顔で直人に言った。

　帰り道、ハンドルを握りながら直人は思った。アカネさんに何かお礼ができないだろうかと。いや、アカネさんにだけではない。自分と同じ、ドライバーの人たちにも喜んでもらえることが何かできないかと。


　社長のお供での東京出張は、急な商談が入って二日伸び、結局、五日も工場を留守にしてしまった。京都へ戻る新幹線の中で、心配になった。若王子は、麦茶を淹《い》れてくれているだろうかと。

ううん、とかぶりを振った。仕事に厳しい人だから、引き受けたことは必ずやってくれるはずだ。それでも心配になり、京都駅で京極社長と別れて、工場へ向かった。

あいかわらず残暑が厳しい。少し歩くだけで汗だくになる。工場の裏口へ回る。冷蔵庫の扉を開けると、ポットには麦茶が入っていた。夕刻ということもあり、四本が空になっている。残りの一本も二杯分くらいしか残っていない。扉を閉めて、初めて気付いた。一番下の冷凍室の抽斗《ひきだし》に、メモが張ってある。

どうぞ、ご自由にお使いください。

その抽斗を開けると……おしぼりが何本も詰め込まれていた。それも、キンキンに凍り付いたものだ。いったい、誰が……。そう首を傾《かし》げた時、

「なんや、うちがちゃんと麦茶淹れたか確認してたんか？」

と、若王子がニヤニヤ笑って顔をのぞき込んできた。

「いい、いいえ……そんな」

「顔に書いてあるでぇ、疑《うたご》うてたて」

そう言われて、朱音は慌《あわ》てて顔を手で拭った。若王子が笑って言う。

「まあ、ええ。面倒やったけど、ええもんやなぁ人の笑顔見るんは。なんや、こっちも元気もろうたわ」

朱音は、小声で尋ねた。

「あのう……これ、誰が」

と、おしぼりを指さした。

「ああ、ああ、それは八百京運輸の若い人や。なんや、百均でぎょうさんハンドタオル買《こ》うてきたさかい、冷凍庫で凍らせて皆で使《つこ》うてほしいて」

朱音はたしかに名案だと思った。自分も、たまたま、おしぼりを冷蔵庫で冷やして、ドライバーさんに使ってもらいたいと考えていたところだった。でも、よくよく考えると、それだと汗を拭《ふ》くだけで終わってしまう。凍ったおしぼりだったら、溶けるまでの間、顔を何度も拭いたり、首に掛けたりもできる。

その発想に頭が下がった。それに、ドライバーさんが自腹でタオルを買ってきて置いておいてくれるなんて驚いてしまった。

「なんや、お水や麦茶のお礼やそうや。横にカゴがあるやろ。そこに使うたタオルを放り込んでおいてくれたら、次に来た時、八百京の若い人が洗ってまた持って来てくれるんやそうや」

若王子の言う「八百京の若い人」のことは、よく覚えている。

たしか名前は、木津川……木津川直人さん。そう確認簿にサインをしていた。

眼を輝かせて、「こんなに美味しいお水は初めてです」と、何度もお礼を言ってくれた人だ。無口だけど、誠実さがにじみ出ていた。明日も配達に来てくれるだろうか。朱音は木津川に、こちらこそ、きちんとお礼が言いたいと思った。


若王子は、頭を抱えていた。工場の事務所がとんでもないことになってしまったのだ。それもこれも、朱音のせいである。

朱音がドライバーに、麦茶の提供を始めると、今度は若いドライバーがおしぼりを持って来た。それも、冷凍庫に入れて、カチンコチンに凍らせて、ドライバー仲間に自由に使ってもらってほしいという。使用済みのおしぼりは、自分が持ち帰って洗濯してくるとまで言われたら、断る理由が見当たらない。

実は、それは序曲に過ぎなかった。

「いや〜助かります、風神堂さん。これお礼です」

と、大きなペットボトルのコーラを持ってきて、冷蔵庫に入れるドライバーが現れた。それを真似《まね》て、スポーツドリンクやオレンジジュースなど、みんなが勝手に持ってくる。いつの間にか、冷蔵庫はコンビニの冷蔵ケースのように満杯になってしまった。それだけではない。

「岡山のきびだんごです。みなさんで食べてください」

「名古屋の帰りです。サービスエリアでえびせんを買ってきました」

など、次々とお菓子の差し入れをするドライバーが増えてきた。朱音が、事務所の片隅にあった椅子を、倉庫の入口付近の軒下に三つほど並べた。そこで、ドライバーたちに飲食しながら、休憩してもらうためだ。

「また勝手なことして……」

若王子は、今度こそ一言言ってやらねばと思った。

ところが、たまたまトイレの前を通りかかった時、ドライバーの会話が耳に入った。

「今度来た、若王子さんいう副工場長はええ人やなぁ」

「ほんまや、こないにドライバーにやさしゅうしてくれるところは他にはないで」

朱音の仕業《しわざ》なのに、自分が「ええ人や」などと持ち上げられてむずがゆかった。

話はここで終わらない。またまた朱音が、新しい提案を持ち込んできた。

「あの〜」

「なんやの、もう〜。あんたの話聞くのが恐ろしゅうなったわ」

「雨の日には、軒下でも濡れてしまいます。ドライバーさんにゆっくり休憩できる場所を提供できないでしょうか」

さすがの若王子もあきれた。

「うちは喫茶店やないでぇ」

「トイレの横の小部屋が空いてるみたいなんですけど……」

そこは以前、会議室として使っていたと聞いていた。今は、物置になっている。

「あそこならエアコンもあるし……私が片付けも掃除もしますから」

朱音の訴えかける真剣な眼を見ると、若王子には「あかん」とは言えなかった。仕方なく、若王子も朱音と一緒にその小部屋を片付けて、ドライバー専用の休憩所にした。

ドライバーは時間に追われる仕事だ。休憩室でちょっと涼んでは飛び出していく。ドライバーが二人、三人と一緒になると、ＳＮＳの互いのアドレスを交換する者もいるようだ。今日も、小麦粉を運んで来た四十代のドライバーが、

「こんな動画知ってるか〜おもろいでぇ」

と、少し年下の別の会社のドライバーに見せていた。

入れ替わりにやって来た年配のドライバーが、八百京の若いドライバーに、

「この前はおおきに。おかげで渋滞にはまらんと助かったわ」

と、真顔《まがお》で礼を言うところを見かけた。なるほど、そうやってSNSで、同業者の間で情報交換をしているらしい。とすると、それも休憩室を作った効果の一つかもしれない。

若王子は、ふと気付いた。自分が着任する以前には、しばしば荷物の遅配があったと聞いていた。それが、ここのところ一度もないのである。それが若王子には、麦茶やおしぼり、そしてこの休憩室とは無縁であるとは思えなくなっていた。


九月も半ばを過ぎた。

大型の台風が発生。予報では関西に夕刻から夜にかけて上陸するという。

若王子は、社員が帰宅困難にならないように、午後三時に製造ラインをストップして従業員を帰らせ、工場を閉めた。ニュースで気象予報士がさかんに「雨戸を閉めてください」「山沿いや、河川の増水の恐れのある地域の方は、早めに避難を」と呼びかけている。若王子は、班長らと窓や扉が壊れていないかチェックして、「何事も起きませんように」と祈って工場の鍵を閉めた。

翌朝、誰よりも早く出勤した。

外から見たが、どの窓も割れていない。やがていつもより早い時間に次々と社員が出社してくる。そんな中、製造ラインの班長の女性が、息せき切って走ってきた。

「た、た、たいへんや」

若王子は、努めて落ち着いて次の言葉を待った。

「倉庫が水浸しや！」

「なんやて！」

倉庫へ行くと、床がびしょびしょになっている。それだけではない。保管してある、原材料も濡れてしまっている。天井《てんじよう》を見上げると、隅《すみ》に大きな穴が空《あ》いている。元々、傷みかけていた屋根が強風でめくれ上がってしまったらしい。その上、二十四時間稼働《かどう》させている倉庫の空調設備も壊れてしまっていた。若王子は、沖縄へ出張中の社長と工場長に報告した。すると、すぐに帰社できないので、若王子に現場の指揮を委ねるという。若王子は班長に指示する。

「みんなで手分けして、被害状況調べて！」

「はい」

「あかん、こっちは全滅や」

「こちらもです」

次々に報告が入る。

かろうじて烏骨鶏の卵だけは冷蔵庫に保管しているので救われた。瓶《びん》に入っている水あめとハチミツも問題ない。だが、黒糖、小麦粉、葛粉はまったく使い物にならなくなっていた。若王子は目眩《めまい》がした。

泣きたくなるのを堪えて善後策を考えることにした。

最初に思いついたのは、他の工場から材料を分けてもらうということだった。風神堂には他に、北大路《きたおおじ》と伏見稲荷近くにも工場がある。しかし、それはすぐに打ち消された。烏丸五条工場で作る「風神雷神」は、特に厳選《げんせん》した原材料を使っているので、他の菓子に使うものでは代わりが利かないのだ。

悪いことに、明日が納期だ。一部の店舗では「風神雷神」の在庫が無くなりかけていた。当社だけならまだしも、雷神堂にも迷惑がかかる。昨日は、早くラインを止めたので、そもそもの生産スケジュールが遅れている。

若王子は頭を抱えた。次々に社員が出社してくる。みんな不安そうだ。こういう時に、慌ててはいけない。若王子は事務室に行き、電話を掛けた。

黒糖、小麦粉、葛粉は、別々の問屋から仕入れている。急ぎ届けてもらえるように頼むしかない。しかし、案の定……どこも「当社の始業時間は午前九時です……」と留守電がコールされた。まだ、朝の七時半。どの会社も始業前だ。

じりじりとしながら、時計の針が九時になるのを待った。まずは、葛粉の確保だ。

大阪の問屋に電話が繋がった。事情を話すと、同情された。

「何とも、お気の毒なことで。大丈夫、葛粉の在庫はあります。そやけど、問題は物流や。運送会社はどこも人手不足で、トラックはあるんやけど、運転する人がいてへんらしいんや。それでうちも難儀してましてなぁ。葛粉の用意はしておきますさかい、そちらから取りに来てもらえまへんか？」

「はい、わかりました。あとで、連絡させていただきます」

と言い、電話を切った。「はい、わかりました」とは答えたものの、トラックをどう手配したらいいのか若王子にはわからない。小麦粉の問屋は岡山《おかやま》、黒糖は徳島《とくしま》である。いずれも、「取りに来てくれたら……」という返事だった。手当たりしだいに運送会社に電話をかけて配送を頼んだが、どこにも断られてしまった。

若王子は頭を抱えた。

本社の総務に電話をして相談したが、やはり急な事ですぐにトラックの手配をするのは難しいということだった。こうなったのは自分の責任だ。なぜ、昨日、屋根のチェックをしなかったのか。「店長になる」という夢どころではない。ひょっとしたら、責任を取らされて降格になるかもしれない。すがる気持ちで、祈った。

「ああ、神様仏様、どうかお助けくださ い」

若王子が、眼をつむり天を見上げていると、班長が、

「あの～副工場長。ちょっとよろしいでしょうか」

と声を掛けて来た。

「なんやあとにしてくれへんか」

「はい、そやけど……八百京運輸さんが」

若王子は、班長の方を向き直って言う。もう泣き出したい気分だ。

「どないしたんや」

「はい。八百京運輸の若いドライバーさんが、冷凍庫に新しいおしぼりを補給《ほきゅう》しに来られたんです。この騒ぎを見て、『どないしたんですか?』て尋ねられたんで、こんなんで困ってますて、倉庫をお見せしたんです」

若王子は、カッとなった。不安な気持ちから自分を抑えられなくなっている。

「なんで勝手に見せたんや、そないな恥ずかしいところ」

「よう聞いてください、副工場長」

「……」

「僕が大阪まで取りに行ってきましょうか、て言わはるんです。今日は有休取っていて歯医者さん行く予定やったそうです。それをキャンセルするて。あとは、会社のトラックが空いてるかどうかやて……」

「なんやて！」

まさしく天の助けだ。

木津川というドライバーが、ＳＮＳで工場の休憩室で知り合ったドライバー仲間に「ＳＯＳ」を発信してくれた。すると、何人もから返事がきた。「ごめん、仕事ぎゅうぎゅうや」「急すぎる」……と続き、がっかりしていると、こんなメールが……。

「今、ちょうど四国の高松《たかまつ》にいる。会社の了解とれたら徳島へ寄れると思う」

「今日は、倉敷《くらしき》から名古屋《なごや》までジーンズを運ぶ仕事です。途中、岡山でピックアップして京都経由《けいゆ》で行けないか、上司に相談してみます」

その後、すべてがトントン拍子《びょうし》に上手《うま》く進み始めた。

若王子は、その二人の勤める運送会社へ連絡し、事情を説明して頼み込んだ。

工場の社員には、材料が届くまで待機《たいき》してもらい、「稼働《かどう》は午後からになるので、今日は残業してもらえへんやろか」と頼んだ。すると、全員が「もちろん」と応じてくれた。不思議なことに、「風神堂」と「雷神堂」の両社員に一体感のような雰囲気が漂っている。きっとピンチが結束《けっそく》を生んだに違いない。

その後、無事に葛粉などの荷物が届き、製造は深夜にまで及んだ。本社からも各工場からも助っ人が駆けつけてくれ、なんとか危機を乗り切ることができた。最後の一つの段ボール詰めが終わった時、工場内に自然と歓声《かんせい》と拍手が沸き上がった。

若王子は、満足稲荷さんに悪態《あくたい》をついたことを大いに反省した。きっと、

――願いをかなえて進ぜよう――

というのは、このことだったのだ。

朱音も、夜食の用意に走り回ってくれた。よくよく考えてみると、このピンチを乗り切ることができたのは、朱音の「冷たいお水」から繫がっていることを認めざるをえない。ちょっと悔《くや》しい気もするが、若王子は朱音の元に行き、

「おおきに、あんたのおかげや。お疲れ様」

と労《ねぎら》った。ところが、当の朱音はというと、キョトンとして首を傾《かし》げている。まあいい、そういう娘なのだ。朱音が言う。

「あの～八百京の木津川さんにお礼を……」

そうだ、その通り。あの若いドライバーにきちんとお礼を言わなくてはいけない。明日の朝一番で、八百京運輸へ電話をしなくてはと思った。

朱音は一人で、上賀茂《かみがも》神社で開催《かいさい》される「上賀茂手づくり市」に来ていた。毎月

第四日曜日、境内《けいだい》東側を流れる「ならの小川」沿いを会場に、およそ二百のお店が自作の手作り品を販売するイベントだ。アクセサリーや布小物、衣料、陶芸品に木工品、パン、佃煮《つくだに》などさまざまな品物がズラリと並ぶ。

何を買うでもなく、ぶらぶらと見て歩く。

その中で、一軒の手拭《てぬぐ》い屋さんの前で立ち止まった。白地に、賀茂ナスや鹿ケ谷《ししがたに》カボチャなどの京野菜のイラストが散りばめてある手拭いだ。それを見たら、滝のように汗を流す木津川直人の顔が思い浮かんだ。八百京運輸は、新鮮な野菜を売りにしているスーパー八百京のグループ会社と聞いていたからだ。

木津川には、何かお礼をしなくてはと考えていた。もし、ＳＮＳで仲間のドライバーさんたちに連絡を取ってもらっていなかったら、たいへんなことになっていた。

朱音は店主に、

「これいただけますか」

と指で示した。

「お嬢さん、自分で使わはるの？」

と尋ねられた。

「いいえ、お世話になった人に……」

と言いかけて、なぜだかわからないが、ポッと頬が紅くなるのを覚えた。

幸太郎は今日一日、専務の国男さんを伴《ともな》って、支店回りだ。

車に乗り込むなり、

「直人君のことで、報告があります」

と言われた。直人のことを国男さんに預けて以降、心配で仕方がなかったが、その結果を聞くのが怖くて、自分から言い出せなかった。

「どないなことや、悪い話か？」

「いえいえ、ええ話です。ご報告の通り、八百京運輸でドライバーの仕事をさせておりました。わても心配しておりましたが、先だって風神堂の烏丸五条工場の副工場長さんから、運輸の担当課長に電話をいただきまして。それもなんや興奮気味《こうふんぎみ》で、『おたくのドライバーの木津川直人さんのおかげで、たいへんなピンチを乗り切ることができました。今度、配達に来られた時に直接にお礼を申し上げますが、上司の方にもお礼を申し上げたくて電話をいたしました』て、言わはったそうです」

幸太郎が、

「どないなことや、ピンチて。直人が何したんや」

と尋ねるも、国男さんは、

「さあ～なんや、休日出勤して、風神堂さんの荷物を一つ運んだて聞いてます」

と首をひねった。

「それだけで、そないに感謝されたんかいな」

「はあ、そのようです。そやけど、このところ直人君は生き生きとしてはって、『仕事が楽しい』て言うてはります」

「なんやて！　仕事が楽しいやて‼」

「それだけやないんですわ。社内も社外も誰とでもおしゃべりしてはるようです」

「なんでそれ、先に言わへんのや！」

幸太郎は、これ以上の喜びはないと思った。

「いったい何があったんや。誰かが直人の『上がり症』を治してくれたんやろか」

「そう言えば、直人君、言うてはりました。風神堂のアカネさんいうお人に、仕事のやりがいを教えてもろうたて」

「仕事のやりがいやて？」

「なんでも、アカネさんいうお人は、人を喜ばす天才やそうです」

それだけでは、事情がまったく呑み込めない。

幸太郎は思った。あれほどまでに苦しんでいた直人を、たちまち変えてしまったアカネとは、どんな人物なのだろう。ぜひお礼がてら、会ってみたいものだと。


十月に入った。

直人は、先日、上賀茂神社で開催される「上賀茂手づくり市」に出掛けた。ぶらぶら見て歩くうち、アクセサリーのお店で、ひまわりのブローチに魅かれた。

(ああ、これ、アカネさんに似合うかも)

気付くと、それを手にして、

「これください」

と言っていた。こんなことは初めてで自分でも驚いた。お店のオーナーの女性に、

「彼女さんにプレゼントですか?」

と尋ねられた。

「い、いえ。お世話になった人にお礼で」

そう答えつつ、顔が紅くなってしまった。でも、「お礼」と言ったのは本心からだった。直人は、こうして初めてのお店でも普通に話ができるようになった。それ

は、アカネさんが「自信」というものを与えてくれたからに違いないと思っていた。

直人は福井《ふくい》までを行き来する仕事が続き、久し振りに風神堂の工場へ小豆を届けに行った。裏手まで来て、いったん停車したが誰も出てこない。今日は、アカネさんは休みらしい。以前もそういうことがあったが、出張か何かだろうか。奥から出てきた副工場長さんに尋ねようとすると、向こうから先に声を掛けてくれた。

「あっ！　木津川さんやないの。全然、顔を見せへんから心配してたんや。台風の時にはほんまにお世話になりました。あんたのおかげで、うちらはすごく助かったんや、おおきにおおきに……」

「あのう……アカネさんは？」

「アカネ？　ああ、あの娘はもうおらへんでぇ」

「え⁉」

直人は予想外の返事に言葉を失った。

「元々、本社の人間なんや。臨時で手伝いに来てくれてただけや。うちも同じで、もう少ししたら南座前店に戻る予定や。アカネになんや用か？」

「い、いいえ別に……」

と言い、確認簿にサインをした。

トラックに乗り込むと、手のひらに握りしめていたひまわりのブローチを、胸ポケットに入れてエンジンをかけた。

一つ溜息をついて、ハンドルを握る。汗だくのアカネの顔が、フッと浮かんだ。

フロントガラス越しに空を見上げ、ぽつりと呟いた。

「またどこかで会えるやろか」

第五話　紅葉《もみじ》の賀《が》　想い出滲《にじ》むオムライス

「ほんま、もも吉《きち》お母さんのおかげです」

と、長澤詩織《ながさわしおり》は手を合わせて言った。

「うちはただ、『縁結び』にご利益《りやく》のある神社を教えたげただけや。それにしても、あっという間に良縁に恵まれてゴールインすることになったんやから、知恩院《ちおんいん》さんの濡髪大明神《ぬれがみだいみようじん》様はたいしたもんどすなぁ」

「はい、それでさっき衛司《えいじ》君と、ここへ来る前に濡髪様に結婚の報告とお礼をしに行ってきたところです」

「きっとおキツネ様も喜んではるやろ」


浄土宗《じようどしゆう》総本山知恩院。「南無阿弥陀仏《なむあみだぶつ》」と唱《とな》えるだけで、すべての人が救われると教えた法然上人《ほうねんしようにん》が開いた京都屈指の名刹《めいさつ》である。国宝・御影堂《みえいどう》の軒裏にある「左甚五郎《ひだりじんごろう》の忘れ傘」や、その御影堂から大方丈《ほうじよう》へと続く廊下《ろうか》の「鶯張《うぐいすば》り」など見所《みどころ》が多く、多くの観光客が訪れる。

この寺の裏手、墓所の奥の奥の方に、ほとんど訪れる人のない祠《ほこら》がある。

「濡髪大明神」だ。

この神様には、不思議な言い伝えがあった。

ある日、幼い男の子に化けたキツネが、住職の前に現れた。聞けば、新たに御影堂を建てたために、棲《す》みかをなくしてしまったと言い泣いている。そこで、住職が代わりの住まいとして用意したのが、その祠だという。

「濡髪」は、その男の子の髪が濡れていたことに由来する。

詩織は、フィアンセの谷崎《たにざき》衛司と共に、もも吉庵を訪れた。

「さあさあ、挨拶《あいさつ》はもうええから、そないなとこ立っとらんと座りなはれ。今日は同窓会みたいなもんやさかいに」

もも吉に促《うなが》されて、二人は腰掛けた。

ここは、祇園甲部《ぎおんこうぶ》の小路《こうじ》にひっそりと佇《たたず》むもも吉庵。お茶屋を甘味処に衣替えして、かれこれ十年以上が経つ。花街《かがい》の人たちは、もも吉の聡明《そうめい》で温かな人柄を慕《した》い、ひそかに悩み事の相談に訪れる。詩織も、その一人である。

L字型のカウンターには、建仁寺塔頭《けんにんじたっちゅう》の一つ、満福院《まんぷくいん》の住職・隠源《いんげん》と、その息子で副住職の隠善《いんぜん》が座って、詩織たちが来るのを待ちかねてくれていた。

「おめでとう、詩織さん、衛司君」

「ほんまおめでとう」

もも吉の娘の美都子《みつこ》も、詩織の手を取って自分のことのように喜んでくれた。

「詩織ちゃん、よかったなぁ」

ちょっと涙目ですらある。アメリカンショートヘアーのおジャコちゃんが、今の今まで丸椅子《いす》にうずくまっていたかと思ったら、スックと起き上がって詩織にすり寄って来て鳴いた。

「ミャウ～」

まるで祝ってくれているようだ。


詩織は、八坂《やさか》神社さんの南楼門《みなみろうもん》からほど近いところにある、料亭《りょうてい》「長刀楼《なぎなたろう》」の一人娘だ。ただいま、若女将《わかおかみ》の修業中である。何度か恋愛もしてはきたが、問題はいつも決まってその先にあった。詩織の実家が江戸の初めから続く有名な老舗料亭と知ると、たいていの男は腰が引ける。結婚イコール養子と、勝手に思い込み、臆《おく》してしまうらしい。たしかに旧い商家の「しきたり」や「ならわし」は煩《わずら》わしい。ところがあにはからんや、詩織の父親も母親も、世間が思うよりもずっとさばけていた。

詩織は幼い頃から、「好きなことが見つかったら、外国でもどこでも行けばいい」「家を継がなきゃ、なんて考える必要はない」と言われて育った。

しかし詩織は、大学を卒業すると、金沢《かなざわ》の有名な旅館に就職した。そこで、部屋の掃除から仲居《なかい》の仕事まで、なんでもかんでも命じられるままに働いた。三十歳を迎える前には、ホテルに転職。主にレストランとバーで接客を学んだ。その後、実家へ戻り、母親に付いて若女将として修業を始めた。

最近になって思うのだ。ひょっとすると両親は、詩織の天邪鬼《あまのじゃく》な性格を知って、わざと店に縛《しば》り付けないようにしていたに違いないと。

さて、そうなると問題は「婿《むこ》取り」だ。ご贔屓《ひいき》のお客様に、「ええ人いてへんやろか」と、自ら頼んだ。ところが、ほとんどの人が、「そないなこと言うて、ほんまは、決まったお人おるんやろ?」と、なかなか本気にしてくれない。

「なんで、うちにはええ人が見つからへんの」

結婚する気は満々なのに、良縁に恵まれない。バッグの中は、縁結びにご利益があると言われている神社仏閣のお守りでいっぱいだ。そうこうするうち、詩織は三十も半ばを過ぎてしまった。

そんなある日、もも吉に「濡髪様」の逸話《いつわ》を教えてもらったのだ。その名前が、いかにも艶《あで》やかな美しい女性をイメージさせることから、いつからか祇園町は芸舞《げいまい》妓《こ》らの信仰を集め、縁結びのご利益があると言われてきたという。

そこで、元旦《がんたん》に「濡髪様」に初詣《はつもうで》に出掛けたところ……なんとなんと！　たちまちその翌日にご利益があったのだ。

毎年、お正月の二日に詩織は書初《かきぞ》めに参加している。

場所は、満福院。もう三十年ほどにもなる年中行事だ。

詩織は子どもの頃、満福院で開かれていた書道教室に通っていた。住職の隠源が先生だ。祇園界隈の小中学生十五、六人が日曜日の早朝から集《つど》う。土地柄、商《あきな》いをする家の子がほとんどである。

その中には、三つ年上の美都子と、一つ年下の善男《よしお》もいて、特に詩織と衛司を含めたその四人が大の仲良しだった。善男とは、隠善の本名だ。

ほとんどの子が、毎週、欠かさずにやって来た。教室が終わったあと、みんなで遊ぶのが楽しみなのだ。夏は、鴨川《かもがわ》で水遊びをしたあと、かき氷を食べる。秋は境《けい》内《だい》の隅で落ち葉をかき集めてサツマイモを焼いた。冬になるとカルタ取り。そのおかげで、教室に通う子らは早くから百人一首を諳《そら》んじることができた。

なにより楽しみだったのは、一月四日の鏡開きだ。もも吉が庫裏《くり》を借りて、大鍋でぜんざいを作ってくれた。おくどさんの金網で餅《もち》を焼くのが、子どもたちの役目。「うちは三つ」「僕は四つや」と、競ってお餅を食べたものだ。

今も覚えている。

「なんやこれお餅と違う。ふにゃふにゃするわ」

と詩織が言うと、当時、お茶屋の女将をしていたもも吉が教えてくれた。

「半兵衛麸《はんべえふ》さんの『なま麸』をぎょうさんいただきましたんや。それで試しにお餅と一緒に入れてみたんやけど、どないどす？」

みんなそれを、「美味《おい》しい、美味しい」と言ってお代わりをした。今から思うと、「もも吉庵」名物の「麩もちぜんざい」は、あの時のことがヒントになっているのかもしれない。

今年も、その教室の仲間が満福院に集まった。

本堂に机を並べて、それぞれが、今年の抱負《ほうふ》を半紙に認《したた》める。

詩織は、冷やかされることを承知《しょうち》で、この四文字を書いた。

良縁祈願

もも吉の前では、少々口の悪い隠源和尚《おしょう》ではあるが、

「ええご縁があるとええなぁ」

と、ご本尊《ほんぞん》に手を合わせてくれた。

そこへ、タタタッと廊下を小走りに駆ける足音が聞こえた。

「あ〜間に合った、間に合った」

みんなが一斉《いっせい》に、本堂の扉に眼を向けた。

「あっ、衛司君やないの」

「どないしてたん?」

「元気そうやなぁ、十年ぶりくらいやないか」

と、懐《なつ》かしそうにみんなが声を掛ける。

大和大路《やまとおおじ》通の櫛商《くし》「三六屋《さんろく》」の谷崎衛司だ。櫛はひらがなで「く」と「し」。いずれも縁起がよくないと言われる数字であることから、「九掛ける四」で三十六を屋号《やごう》にしたと聞いている。家業は既《すで》に、一番上の兄が継いでいる。

衛司は男三人兄弟の末っ子だ。小学生の頃からたびたび、リュックにお菓子やジュースを詰め込み、両親に「家出してくる」と言い出掛けた。自由奔放《ほんぽう》な性格だが、両親もそれを叱るわけでもなく、「気ぃつけて、お早《はよ》うおかえり」と送り出した。ところが、日暮れには帰って来て、家族と一緒に夕飯を食べる。父親が、「どこ行ってたんや」と訊くと、「内緒や、家出なんやさかい」と答えたという。

そんな衛司は、大学に入ると世界中を放浪《ほうろう》した。いわゆるバックパッカーだ。その後、東京の旅行代理店に就職し、自ら国内外のツアーの企画をすると共に、ツアーコンダクターとして飛び回っていた。なので、年末年始は日本にいない。

「善男からメールもろうたんや。たまには顔出さへんかて」

と言いながら、衛司はみんなの書初めに眼をやった。

「なんやなんや、年寄り臭い。『商売繁盛』『健康成就《じょうじゅ》』『家庭円満』て、お前らまるで神社にご祈禱《きとう》に来てるみたいやなぁ。それは抱負でも夢でもないやろう」

そう言いつつ、詩織の前で立ち止まった。

「え⁉　詩織ちゃん、『良縁祈願』て……まだ独りなんか」

「悪かったわねぇ、衛司君。こちらは必死なんよ」

と冗談交じりに答えた。すると、

「そないしたら、僕と付き合わへんか？」

「いややわぁ、てんご言わんといて」

「てんご」とは悪ふざけの冗談のことだ。

「ほんまのこと言うけど、僕は昔から詩織ちゃんのことが好きやったんや」

「え～！」

書道教室の幼馴染《おさななじ》みの面々は、びっくりして大騒ぎになった。

実は、詩織も幼い頃から、衛司のことが気になっていたのだ。

その後、二人は何度かデートを重ねた。詩織は、衛司とこんなにも気が合うとは思ってもみなかった。気付くと、衛司への思いは「愛」に変わっていた。ある日、衛司に告げられた。

「僕もそろそろ、旅から旅の暮らしやのうて、地元に根を下ろして仕事がしたい思うてたところなんや。もし、詩織ちゃんのご両親が認めてくれはったら、養子に入って料亭の経営の勉強させてもらえたらて思うんや。どないやろ？」

「どないやろ」も何もない。願ったりかなったりだ。

なにしろ、両家は同じ町内みたいなものだ。さまざまな会議や消防団などで頻繁に顔を合わせている。その後、自分でも信じられないくらいにトントン拍子《びょうし》に事が進み、この五月には婚約し結納《ゆいのう》を交わした。

今日は、もも吉庵に懐かしい顔ぶれが集《つど》い、結婚の前祝いをすることになったのだ。

昔話に花が咲き、詩織は時が過ぎるのを忘れるほどおしゃべりした。

そんな中、一瞬、会話が止まり静かになった時、隠源が詩織の方を向いて言った。

「それで、前のお父さんは出席するて、言わはったんか？」

「……」

詩織が言葉に詰まると、衛司が代わりに答えてくれた。

「あかんのです。どないに頼んでも、結婚式には出えへんて」

みんな事情を知っているので、詩織の顔を気の毒そうにして見る。美都子が、言う。

「詩織ちゃんの前のお父さんも辛いやろうなぁ、ずいぶん可愛がってはったんやから、この結婚もどれほど喜んではることか」

「はい、そう思うてます。そやから……」

詩織は父親と、もう二十五年近くも会っていない。

小学二年生の時、両親が離婚をした。ある日、突然、お父ちゃんが頭を撫《な》でて「よう勉強するんやで」と言い残し、家を出てしまったのである。

詩織はどうしても、ウエディングドレス姿を前の父親に見せたかった。それがかなわないと思うと、悲しくて涙が出てきてしまう。衛司が肩を抱き寄せてくれた。

「大丈夫や、僕からもお父さんに頼んでみるさかい」

虚《うつ》ろな眼で、詩織は顔を上げた。衛司の肩越しに見える、一輪挿《ざ》しの桔梗《ききょう》が涙でにじんだ。それはまだ固い蕾《つぼみ》のままだった。


相楽淳也《さがらじゅんや》は、満福院の裏手にある駐車場にタクシーで乗り付けた。

四半世紀以上も時が経ったとはいえ、道を歩けば、今も知る人にばったりと出くわしてしまうかもしれない。逃げるようにして去ったこの街を、堂々と歩ける身ではなかった。ましてや、娘の詩織に見つかるわけにはいかない。

隠源和尚《おしょう》には、事前に電話で確かめておいた。隠源の息子で、今は副住職を務めているという善男が、不在の時を見計らって訪ねるためだ。善男は、詩織とも親しかったことを覚えている。もし、隠善に見つかって、詩織を呼びに行かれてはまずいと思ったからに他ならない。

庭に面した座敷《ざしき》に通された。

隠源が先に口を開いた。

「コックの仕事はどないや」

「はい、自分には合っていたようです」

「つい昨日も、あんたの噂《うわさ》をしてたところや」

「え！　昨日……」

「詩織ちゃんと衛司君を囲んで、もも吉庵でささやかに結婚の前祝いをしたんや」

「そうでしたか……」

淳也は、せつなくなり胸を押さえた。隠源が言う。

「座禅《ざぜん》したいいう話やったなぁ。今日は、寺には誰もおらへん。思う存分、組んでいきなはれ」

ピシッ！

警策《けいさく》に右肩を打たれる音が、満福院の禅堂に木霊《こだま》した。

「ウッ！」

淳也は、思わず声を漏らしてしまった。警策とは、修行者の肩あるいは背中を打つための棒だ。心の迷いを打ち消してもらいたくて、自ら打たれることを望んだのだ。合掌《がっしょう》して、姿勢を正した。それでも心のモヤモヤは、掃《はら》っても掃っても湧《わ》いてきた。


淳也は、静岡の生まれだ。ごく普通のサラリーマン家庭で育った。幼い頃から料理を作るのが好きだったので、伝手《つて》をたどり京都の老舗料亭「長刀楼」で修業の道に入った。十年は辛抱をして、故郷で居酒屋か割烹《かっぽう》でも開けたらと、ぼんやりした夢を持っていた。

人の運命はわからない。その家の一人娘の登紀子《ときこ》と恋に落ちた。相思相愛《そうしそうあい》である。最初から、実らぬ恋とわかっていた。悩んだあげく、こちらから別れ話を切り出した。ところが、登紀子が両親を説得し、結婚を認めさせてしまった。ただし、条件は二つ。養子に入ること。もう一つは精進《しょうじん》して一人前の花板《はないた》になることである。淳也に異存などあろうはずもない。

父親が亡くなり、故郷で一人暮らしをしていた母親も納得してくれた。高校時代の悪友たちからは、「逆玉の輿《こし》」だと散々からかわれた。

熱心に料理の腕を磨《みが》き、それから三年後、淳也は登紀子と式を上げた。すぐに娘が生まれ、詩織と名付けた。仕事は毎日遅かったが、詩織の寝顔を見ることで、いくらでも頑張れる気がした。

しかし、ある事をきっかけにして、その平穏な日々が一変してしまう。

休みの日に一人、河原町《かわらまち》に買い物に出掛けた帰り道。出入りの鮮魚商の店主から声を掛けられ、喫茶店に入った。そこで、「この前の鯛《たい》は、期待を裏切られた」「海《え》老《び》の大きさが揃《そろ》ってなかった」などと、ついつい厳《きび》しいことを口にしてしまった。

相手があまり「すんまへん」と繰り返すので、申し訳ない気持ちになった。淳也は、言い過ぎたことを詫《わ》びた。たぶん、その引け目があったのだと思う。

「ちょっとだけ、付きおうて」と言われ、連れて行かれたのがパチンコだった。

淳也はよく、堅物《かたぶつ》人間だと言われる。賭《か》け事は別世界のことだと思っていた。「これも人生経験だ」と思い、初めて台の前に座った。すると、いきなり777を連発した。店主から、「あなたは才能がある」と言われ羨《うらや》ましがられた。

次の休日、こっそりと同じパチンコ店へ出掛けた。ここで、手元のお金を全部すっていたら、次はなかったに違いない。ところが、いずれの神様のいたずらかわからないが、再び７７７を出してしまった。そうなると、もう止まらない。「当てた！」という刺激で、脳が麻痺《まひ》してしまったらしい。昼の休憩《きゅうけい》の時にでさえも、板場《いたば》のみんなに「ちょっとコンビニへ」と言い、パチンコへ出掛けるようになった。

ＡＴＭで預金を降ろし、パチンコへ行く日々が続く。すぐに残高はゼロになった。しかし、あの日の「当たった」快感がどうしても忘れられない。妻の登紀子に内緒で、詩織のためにと作った積立貯金の口座を解約した。次に、銀行のクレジットカードの限度額いっぱいまで借りた。やがて、消費者ローンに手を染めた。

もう自制が利かなくなっていた。「また７７７を連発したら、すぐに返せる」と思い込んでしまうのだ。

今度は、月の返済資金を得るため、他の消費者ローンで借りた。二十万円のところ、パチンコの資金を十万円上乗せした。さらに返済が増える。ローン地獄《じごく》である。

とにかく、登紀子にも義父母にも知られてはならない。遅延《ちえん》すれば、督促状《とくそくじょう》が来るはずだ。店に電話もかかってくるだろう。それだけは、食い止めなくてはならない。たいへんな親不孝と承知しつつも、僅《わず》かな年金で借家暮らしをする母親に泣きついた。すると心配して、すぐに貯《たくわ》えを崩《くず》して用立てしてくれた。なのに、淳也はそれさえもパチンコに注《つ》ぎ込み、故郷へも帰りづらくなってしまった。登紀子に顔色が良くないことを気付かれた。問い詰められて、白状した。「まさか淳也さんがパチンコにはまるなんて……」と、信じられないという顔をされた。登紀子が、義父母に事情を説明すると、借金を一括《いっかつ》で肩代わりしてくれるという。ただただ、手をついて謝った。元々、生真面目《きまじめ》な性格で信頼されていたこともあり、「二度とパチンコはしない」と誓うことで許された。義父に、「助けるんは一度限りやで」と言われて、「はい」と答えた。義父母にはいくら感謝しても、感謝しきれないと思った。

しかしそれは半年も続かなかった。あの777を出した時の快感が、どうしても忘れられないのだ。またローンを借りてしまった。前回と同じ道のりを繰り返す。「だめだ」と思っても、ブレーキがかからない。ついにはローンの支払いが滞《とどこお》ってしまった。店に、ローン会社から督促の電話がかかってきた。たまたま、電話を取ったのが登紀子だった。登紀子は怒るよりも心配してくれ、病院へ連れて行かれた。すると、ギャンブル依存症《いぞんしょう》と診断された。

「治療すれば治るって先生言ってたやない。一緒に治そ」

と励ましてくれた。力なく淳也は頷《うなず》いた。しかし、帰宅すると、義父母が待ち構えていた。仲居頭《なかいがしら》が、「淳也と登紀子の様子がおかしい」と、義父母に報告したらしい。

「淳也さんがパチンコを止められないのは病気なの。病気なんだから仕方がないのよ。どこかで療養《りようよう》して……」

そこまで言いかけたところで、義父が悲しげな眼をして呟《つぶや》いた。

「二度目はない、て言《ゆ》うたよな」

結局、義母が義父に頼み込んでくれて、借金をもう一度肩代わりしてくれた。それを条件に、離婚届にサインをすることになった。その際、「もう一生、登紀子にも娘の詩織にも会わない」と約束させられた。自業自得《じごうじとく》だ。

詩織はその時小学二年生で可愛《かわい》い盛りだった。

あれもこれもしゃべれば未練《みれん》が募《つの》ると思い、消えるようにして家を出た。

隠源和尚が、座禅を終えた淳也に尋ねた。

「どうや、悩みは消えたかな」

「いいえ、ますます大きくなるばかりです」

「二十五年前と同じやなぁ。あんた、あん時も悩んで悩んで、うちに来はった」

「長刀楼」を追われるようにして去ったあとも、まだパチンコがしたくてたまらない。登紀子が渡してくれた、実家の静岡までの新幹線代さえも、擦《す》ってしまった。

気付くと、ふらふらと満福院の境内へ立ち入っていた。

掃き掃除をしていた隠源和尚に、声を掛けられた。

すでに、不始末の一部始終は、祇園界隈《かいわい》に知れ渡るところとなっていた。

「どないするつもりや？」

と問われた。

「……」

喉元《のどもと》まで、「お金を貸してください」と出かかったが、なんとか堪《こら》えた。

「座禅、組んでみなはれ」

と言われて、「はい」と頷いた。翌日も、そのまた翌日も満福院で世話になった。息子の善男には、淳也が身を寄せていることは他言無用《たごんむよう》と厳命《げんめい》してくれた。

一日中、座禅を組む。頭の中は「パチンコがしたい」という思いでいっぱいだった。しかし、肝心のお金がないので、パチンコへ行くことができない。一瞬、寺のあちこちを探して、お金を盗もうとさえ考えたこともあった。それでも、悪の道へ入り込まなかったのは、詩織の顔が浮かんだからだ。きっと今頃、突然、父親がいなくなり、泣いているに違いなかった。

十日目の朝、隠源和尚に本堂へ呼ばれた。

「知り合いのな、総合病院の院長にあんたのこと相談したんや。そないしたら、治療方法の一つに、パチンコがやりたくてもできない環境に身を置くいうのが有効やて言わはってな。たとえば、入院や。ただ、それにはお金もかかる。家族の援助がいるさかい、あんたには難しい。そやけど、もし、あんたが本気で病気を治したいて思うんやったら、わてが力になるで」

淳也は黙って頷いた。

それからすぐ、隠源和尚の紹介状を手にして信州《しんしゅう》へ向かった。バス停のある一番近い集落までさえも、歩いて二時間はかかる修験道《しゅげんどう》の山寺だ。日の昇る前から山に分け入り、獣道《けものみち》を歩き回る。午後は、座禅と落ち葉の掃除。お金どころか、世俗とは無縁の暮らしを続けること二年。気付くと、依存症は治っていた。

その後、母親の暮らす静岡の実家に戻り、高校の先輩が経営する掛川《かけがわ》駅近くのレストランで働き始めた。やがて、母親を看取《みと》ると、一人ぼっちになった。

「一人暮らしが淋しい思うこともありますが、それは因果応報《いんがおうほう》だと。パチンコはもうこりごりです。でも、でも……」

「詩織ちゃんのことやな。わても聞いてるで。詩織ちゃんは、あんたに花嫁衣装《いしょう》を見せたいて言うてる。あんたも、かなうものなら、会って祝ってやりたい思うてるはずや。そやけど、あんたとしては、そう簡単に『はい』とは言えへん。もう二度と、『長刀楼』の敷居《しきい》は跨《また》がんて約束した。二度までも迷惑かけた義理の両親に申し訳ないと思うてはる。もちろん、元の奥さんにもや。その苦しみを察すると、わてもそう簡単に『結婚式に出てあげなはれ』とは口にでけへん」

淳也は、隠源和尚に感謝した。

この胸の苦しみを取り除くことはできなくても、理解してくれている人がいる。そう思うだけで幸せだった。

「まだ時間はある。返事はぎりぎりでもええんやないか。ゆっくり考えてみなはれ。座禅に来るんは、いつでも歓迎や」

淳也は、隠源和尚にタクシーを呼んでもらい、こっそりと寺を辞し京都駅に向かった。

そろそろ、紅葉《こうよう》が山から下りて来る時期になった。

南禅寺《なんぜんじ》グランドホテルの庭の木々も、少し色づいている。

今日は、二週間後の結婚披露宴《ひろうえん》のため、最後の衣装合わせだ。詩織は、ブライダル室の大きな姿見の前に立っていた。詩織は、この真っ白なウエディングドレスをまとったと自分を、「どうしても、お父ちゃんに見てもらいたい」と思った。

「きれいだよ、詩織ちゃん」

衛司が溜息をもらした。

「ありがとう」

でも、上《うわ》の空だと衛司に伝わってしまう。心配そうに言われた。

「お父さん、連絡ないんか？」

「うん、招待状送ってあるんやけど……」

と、答えるうちに眼がうるんできてしまった。衛司がそっとハンカチを差し出してくれた。


詩織が小学二年生の時、両親が離婚した。父親が何日も帰って来ないので、母親に「お父ちゃんどないしたん？」と尋ねると、「かんにんな黙ってて。お父ちゃん、もう帰ってきぃひんのや」と詩織を抱きしめて言った。詩織はその意味がわからず、母親はただただ泣き続けた。

母親や祖父母に、「お父ちゃんに会いたい」と泣いてせがんだ。でも、みんな一様に「かんにんしてや」としか答えてくれない。

離婚の理由を知ったのは、小学三年生になった時のことだった。家族で一緒にテレビを見ていると、祖母が「淳也さんと同じや」と漏らした。その場の空気が凍り付いたのがわかった。それは、借金地獄に陥《おちい》った人が主人公のドラマだった。

ドラマが終わると、母親は父親のことを話してくれた。パチンコにはまりギャンブル依存症になって、一緒に生活ができなくなったのだと。

母親はもちろん、祖父母も一切、父親の悪口を言わなかった。でも、その後、詩織が父親の話をすると、みんな悲しい顔をして黙り込んでしまう。家族を困らせるのが辛くて、詩織も自然に父親のことは口にしないようになった。

小学五年生の春、母親が再婚した。

相手は西陣《にしじん》の懐石《かいせき》料理店の板前だ。結婚と同時に、「長刀楼」の花板になった。やさしい人ですぐに「お父さん」と呼ぶようになった。とても可愛がってくれ、休みの日には、よく動物園や遊園地に連れて行ってくれた。すぐ懐《なつ》いたこともあり、母親がホッとしているのが子どもながらにもわかった。幸か不幸か、そのあと、弟も妹もできなかった。少なからず、それも新しい家庭が上手《うま》くいったことと関係していたに違いない。

それでも、今も本当の父親のことを片時も忘れたことはない。母親が再婚してすぐに、詩織は新しい父親のことを「お父さん」と呼んだ。それを聞いて、すごく喜んでくれた。しかし詩織は、「お父さん」と呼ぶたびに、なぜか心がチクチクと痛むのを覚えた。なぜなら、本当の父親のことは「お父ちゃん」と呼んでいたからだ。

その年の夏休みのことだった。

口紅を借りようとして、こっそりと母親の鏡台の抽斗《ひきだし》を開けた時、父親から母親宛てに届いた手紙を偶然、見つけた。「いけない」と思いつつ、中身を読んでしまった。お詫びと再婚を祝う言葉に続いて、「レストランで働いている」と近況が綴《つづ》られていた。

手が震《ふる》えた。

胸が張り裂けそうなほどドキドキした。

詩織は、本当の父親に会いたくてたまらなくなった。母親からは、「二度と、詩織に会わない」ことを約束して、家を出て行ったのだと教えられていた。子どもながらに、どれほど大きな揉《も》め事が起きたのか想像ができた。でも、どんな事情があろうと、詩織にとっては今も大好きな「お父ちゃん」なのだ。

会いたい、会いたい、会いたい……。

封筒の中には、レストランの名刺が入っていた。住所は、静岡県掛川市とある。学校の地図帳で場所を調べると、東海道新幹線が止まる駅であることを知った。

貯めていたお小遣いで行けるのか計算してみたが、とうてい足りない。母親や祖父母、ましてや新しい父親に頼むわけにはいかない。そこで、書道教室の美都子お姉ちゃんにお金を貸してほしいと相談した。すると、二つ返事で、「ええよ」と言う。でも、小学生が一人で新幹線で出掛けるにはあまりにも危ないので、一緒に行ってあげると言ってくれた。詩織は少しホッとした。中学二年生の美都子お姉ちゃんが一緒なら心強い。

両親には、「図書館へ行ってくる」と言うと、「感心やなぁ、気ぃつけて」と送り出してくれた。

掛川駅を出て、しばらく歩くと、父の働くレストランはすぐにわかった。おしゃれで豪華《ごうか》な店をイメージしていたが、街の食堂という感じだった。会いに来たはずなのに、中に入る勇気が出なかった。

美都子お姉ちゃんに、「さあ入ろう」と言われたものの、足がすくんでしまった。何度も何度も、店の前を行ったり来たりした。そのうち、それまで思ってもみなかった不安が心に湧いてきた。ひょっとしたら、母親と同じように再婚しているかもしれない。ますます臆病《おくびょう》になった。

「やっぱり帰る」。そう美都子お姉ちゃんに言った時、店の扉《とびら》が開いた。

詩織は動けなくなった。

そこには、眼を見開いて驚いている「お父ちゃん」が立っていた。

「詩織……」

詩織は、こくりと頷《うなず》くのが精一杯だった。

「お母ちゃんは？」

と訊かれたが、言葉が出て来ない。代わりに美都子お姉ちゃんが、

「二人で来ました。詩織ちゃんのお母さんは知りません」

と答えてくれた。

「そうか……美都子ちゃんが付き添ってくれたんだね。ありがとう」

「詩織ちゃんのこと、心配やったから」

父親は店の扉に「休憩中」のプレートを掛け、

「中に入りなさい」

と言った。「うち、どこか散歩してくる」と言う美都子お姉ちゃんを、お父ちゃんは一緒に中に入るように促《うなが》した。そして、キッチンに一番近い席に二人を並んで座らせ、自分も前の席に座った。

「大きくなったなぁ。元気か？」

「うん、お父ちゃんも……」

実の父娘《おやこ》なのに、それ以上会話が進まない。話したいことがいっぱいあったの

に。沈黙が続く中で詩織のお腹が、キュルキュル～と鳴った。

「お昼食べてないのか」

「うん」

「なんか作ってやろう」

オープンキッチンに入り、父親がフライパンを手にした。火にかけて油をひいた。玉ねぎとニンジンと鶏肉を取り出して、まな板でトントントントッと刻む。その様子を眺めていると、それだけで幸せな気持ちになれた。

父親は、二人の前に大きな皿を置いた。

「わー！　可愛《か》いらしい!!」

オムライスだ。ウサギが、仰向《あおむ》けに寝ている。ケチャップライスの顔には、ニンジンの耳、グリンピースの眼がついている。鼻と口は、海苔《のり》を小さく切って貼《は》り付けてあった。そして、首から下の身体には、まるでブランケットのように四角の薄焼き卵が掛けてあった。

「これ、お店のメニューなの？」

「いいや、詩織スペシャルだ。詩織は寝相が悪かったから、よく布団《ふとん》をはいだんだ。夜中にお父ちゃんが何度も掛けてやったんだよ」

詩織は、なかなかオムライスに手を付けることができなかった。本物のお人形さんのように見えてしまい、一匙《ひとさじ》でも崩《くず》すのがもったいなかった。ふと隣《となり》を見ると、美都子お姉ちゃんが膝に手を置いて、詩織の方を見ていた。詩織が先に手を付けるのを待ってくれているのだとわかった。スプーンを手に取り、一番端《はし》からすくった。

思わず、声に出た。

「美味しい」

「そうか、美味しいか」

お父ちゃんが、初めて笑った。

その後、いろんなことをしゃべった。運動会や遠足のこと。仲のよい友達のこと。新しくお店に入ってきた、追い回しのお兄さんのことも……。あっと言う間に夕方になっていた。お母ちゃんが心配するから、もう帰らないといけない。でも、もっともっともっとお父ちゃんと話がしたかった。

カラーン！

入口の扉が開き、振り向くと、そこにお母ちゃんが顔をのぞかせていた。

お父ちゃんが、いかにも申し訳なさそうに言う。

「トイレに行くふりをしてお母ちゃんに電話したんだ。ごめんよ」

お母ちゃんは、お父ちゃんに小さく一礼した。

「ご迷惑をおかけしました」

「いいや、何も」

お父ちゃんは、笑った。いや、無理に笑顔を作っているのだと、子ども心にもわかった。お母ちゃんが言う。

「美都子ちゃん、おおきに……さあ、詩織、帰ろか」

勝手に来てしまったことを、叱られると思った。

でも、お母ちゃんは一言もしゃべりかけてこなかった。新幹線の車中でもずっと無言だった。京都駅の改札を出ると、お母ちゃんは詩織と美都子お姉ちゃんの顔を交互に見て、言った。

「甘いもんでも食べてこか」

お母ちゃんの顔を見上げた。

とても、とても悲しげに見えた。

自分が、ものすごく悪い事をしでかしてしまったように思えた。


詩織は、あの日のことを思い出すと、胸がキューッと締め付けられて、息が苦しくなる。衣装合わせでウエディングドレスを着たまま、涙が止まらなくなった。ブライダルの担当者は、嬉しくて感激のあまり泣いているものと思ったようだ。

「きっといい披露宴になりますよ」

と満面《まんめん》の笑顔で言った。

衛司がやさしい目をして、詩織の手を握った。

「きっとお父さん、来てくれるよ」

詩織はこれ以上、衛司に気を遣わせないように微笑《ほほえ》んでみせた。


ランチタイムが終わっても、店から出て行こうとしない客がいた。

初めての顔だ。近辺には工場が多い。注文の時のイントネーションから、関西から出張で来たビジネスマンだろうと思った。

「恐れ入ります。昼の営業は終わりましたのでお会計を……」

と、声を掛けると意外な言葉が帰って来た。

「おじさん、ご無沙汰《ぶさた》しています。『三六屋』の衛司です」

「え⁉」

アルバイトの学生スタッフが帰るのを待ち、衛司と客席で向かい合って座った。

「連絡もせず、いきなりお邪魔《じゃま》してすみません」

「詩織の……」

「はい、詩織さんと結婚させていただくことになりました」

衛司が、いきなり頭を下げた。

「詩織ちゃんのお父さん、お願いです。どうか僕たちの結婚式に出てください」

「そんな……どうぞ頭、上げてください」

淳也は、幼い頃の衛司を知っている。自由闊達《かったつ》で、ヤンチャな男の子だった。それが礼儀正しい、真《ま》っすぐな眼をした大人になっていることが、嬉しくなった。彼なら、間違いなく詩織を幸せにしてくれるだろう。

「そういうわけにはいかないんだ、衛司君。登紀子……元の奥さんと、二度と詩織には会わないと、約束したんだ。どうしようもない父親だからね」

衛司が、淳也の眼を見て言う。

「詩織さんのお母さんにもお許しをいただいています」

「聞いてるよ。登紀子からも電話があった。最初は反対だったけど、詩織に根負けしたから、結婚式に参列してほしいって。それに、うちの人も『ぜひに』って言ってると」

登紀子の言う「うちの人」とは、再婚した夫のことだ。

「でもね、私は『長刀楼』に迷惑をかけた人間だ」

衛司が、テーブルに身を乗り出して言った。

「大丈夫です。詩織さんのお爺さんとお婆さんも『昔のことや、水に流す』て言うてくださってます」

「え⁉」

淳也が戸惑《とまど》っていると、衛司は再び頭を下げた。深く深く、テーブルに頭がつきそうになるほどに。

「お願いします！　お父さん‼　どうか、詩織さんのウエディングドレスを見てやってください」

淳也は、わざわざここまで来てくれた衛司の気持ちに報《むく》いなければ、と思った。

「わかった……そうさせてもらうよ」

「お父さん、ありがとうございます」

「こちらこそ、ありがとう。詩織は君のようないい人と一緒になれて幸せに違いない。私のようなダメな人間に、こんなこと言う資格はないけど、詩織のこと、どうかよろしく頼みます」

「はい、お父さん」

淳也は、長い事抱えていた心の重石《おもし》が、すこしだけ軽くなった気がした。衛司の言葉が本当なら、詩織の祖父母が許してくれているということになる。この機会に、詩織の祖父母に「あの時」のことを改めてお詫びしようと思った。

ずっと袖を通していなかった礼服を、クリーニングに出さなくてはいけない。お祝いに何か二人の喜ぶものを贈ってやりたいと思った。久方ぶりに心が弾《はず》んだ。四半世紀、真っ暗闇の中で後悔《こうかい》と懺悔《ざんげ》の人生を送ってきた。そこに、微《かす》かに陽《ひ》が射したような気がした。


夜の営業が始まり、再び店内は賑《にぎ》やかになった。帰宅する前に同僚と軽く飲んで行く客が多い。会社の愚痴《ぐち》やたわいもない話で盛り上がる。淳也は人の愚痴を聞くのは嫌いではなかった。人にはそれぞれ悩みがある。それを、吐き出す場所も必要なのだ。

キッチンに近い、カウンターの席に常連のサラリーマン男性が一人座った。定年間近なようで、よく老後の生活が心配だという話をしている。八時半を過ぎて、少し店内が静かになった頃、おもむろにその男性が話し掛けてきた。

「ねえ、聞いてもらえますか？」

「はい、なんでしょう。私でよろしければ」

こういう客は案外多い。しかし、たいていの場合、こちらの同意など求めず、勝手に身の上話をしゃべり続けたりするのだが。

「この前ね、娘の結婚式に出たんです」

「それはそれは、おめでとうございます」

「いえね、娘といっても、妻の連れ子なんです。私も女房も、再婚でして」

何気《なにげ》なく聞くつもりが、淳也は話に引き込まれた。

「娘にね、実の父親にも結婚式に出てもらいたいけどいいだろうか、と聞かれましてね。もちろん、私は『いいよ、そうしなさい』って答えました。だってね、だって……ウイッ……　だってね」

男性は、コップの水を一気に飲み干すと、話を続けた。

「……度量《どりょう》の狭い人間だって思われちゃ悔《くや》しいじゃないですか」

淳也は、それがとても他人事《ひとごと》とは思えず、じっと聞き入った。


詩織は、衛司を新幹線八条口まで迎えに行った。父親を説得するため、掛川まで出掛けてくれたのだ。よほど、自分も一緒に行こうかと思った。でも、出席できないと面と向かって言われたら、立ち直れない気がして、会いに行きたいという気持ちを抑え込んだ。

「お父さん、最初は拒《こば》んでいらっしゃった。お母さんとの約束だからって。でも、

『長刀楼』のみなさんが『ぜひに』とおっしゃってると話したら、参列してくださるという返事をいただいたんだ」

「え！　ホント‼　ありがとう、衛司君」

「きっと、いい式になるよ。うん、必ず」

今のお父さんには心の底から感謝している。でも、もしもかなうことなら、お父ちゃんが家からいなくなってしまう、その前日にタイムスリップしたいと、ずっとずっと思っていた。

衛司の腕を取り、もう一度言った。

「ありがとう」


明後日《あさって》は、いよいよ詩織と衛司の結婚式だ。

朝方、満福院の隠源和尚から電話があり、

「衛司君から聞いたでぇ。式に出るて。ずいぶん喜んではった。そやけどほんまは、まだ迷ってはるんと違いますか？」

と言われた。その通りだったので、返事に窮した。さすが名刹《めいさつ》の高僧、人の心をよくお見通しだ。

「淳也さんもよう覚えてはるやろ。もも吉を」

「はい……」

もも吉は、祇園甲部《ぎおんこうぶ》の元芸妓《げいこ》で、お茶屋の女将《おかみ》をしていた。昔、詩織が母親に無断で淳也の働くレストランまで来てしまった時、一緒に付き添ってくれた美都子の母親だ。当時から人望があり、多くのご贔屓《ひいき》客の信頼を集めていた。

「今は、お茶屋を衣替えして甘味処『もも吉庵』をやってるんや。まったく商売気がなくて、一見《いちげん》さんお断りで観光客も入られへん。そやけど、悩み事抱えた花街《かがい》の人らが夜な夜な、ひそかに相談事に訪れるんや。わても同席するさかい、明日、もも吉庵へ行かへんか？」

淳也は、「ひそかに」という言葉に惹《ひ》かれた。

京都の街、それも祇園では、知っている人と顔を合わせたくない。今でも、パチンコにはまって養子に入った家を追い出されたという事実は、決して人の記憶から消えるものではない。

淳也は、隠源和尚の誘いに応じ、急なことではあったがオーナーに無理を言って休ませてもらい、結婚式の前日から京都に入った。

淳也は、隠源に連れられ、もも吉庵を訪れた。

満福院からここまで、ほんの数分の距離にもかかわらず、「誰か見知った人に会うのではないか」と心配になり、トレンチコートの襟《えり》を高く立て、下を向いて歩いた。ここでさえ、こんなにびくびくしているのだ。ますます、明日の晴れやかな場に参列することがためらわれる。

格子《こうし》の引き戸を開けると、点々と連なる飛び石に「こちらへ」と招かれた。磨《みが》き上げられた石の一つひとつは、秋晴れの下、黒光りして輝いている。

上がり框《がまち》を上がって、襖《ふすま》を開ける。

店内は、L字のカウンターに背もたれのない丸椅子《いす》が六つだけ。カウンターの内側は畳敷きだ。もも吉が、

「おこしやす。お待ちしておりました」

と、畳に手をついてお辞儀《じぎ》をした。

銀鼠《ぎんねず》色で笹の葉の柄の着物。帯は金糸を織り込んだベージュ色で唐草《からくさ》の段模様、それにクリーム色の帯締めをしている。

「たいへんご無沙汰しております。詩織の父です」

いったん、もも吉は奥の間に退《ひ》いたかと思うと、盆を手に戻ってきた。目の前に、清水焼《きよみずやき》の茶碗《ちゃわん》が置かれた。

「さあさあ、まずは麩《ふ》もちぜんざいでも召し上がっておくれやす」

「麩もち……ぜんざい？」

隠源が言う。

「このばあさんの自慢の逸品《いっぴん》や」

「なんやて、じいさん」

と、もも吉が睨《にら》むと、隠源和尚が首をすくめた。まるで掛け合いの漫才のように見える。

言われるままに、ふたを取る。ふわっと小豆《あずき》の匂いが鼻に抜けた。と同時に、香《こう》ばしい匂いもした。

碗を見ると、ぜんざいの汁の上に、点々といくつもの小さな「あられ」が浮いている。ひと口、口に運んだ。

「美味しい」

淳也は感心してしまった。「あられ」は、よく茶漬《ぶぶ》けにのっているものだ。即席のしるこに入っていることもある。しかし、湯を注ぐと、すぐに湿気《しっけ》てしまう。しかしこれは、ついさっき、ふたを閉める直前に振られたものと思われた。カリカリッとした感触が楽しくて、ぜんざいの甘味を引き立てる。

淳也は、忙《せわ》しく木匙《きさじ》を使い、あっという間に食べてしまった。

不思議な感覚になった。心の奥まで温まり、素直《すなお》な気持ちになれる気がするのだ。

もも吉が言う。

「事情は伺《うかご》うてます。娘さんの結婚式に出たいけれど、出るわけにはいかへん……」

「はい……この期《ご》に及んで、まだ迷ってます」

「たしか、一度は『出る』て、衛司君に言わはったそうどすなぁ」

「はい。その通りです」

「そないしたら、なんで?」

「実は、こんなことがありまして……馴染みのお客様が娘さんの……」

淳也は、つい先日、レストランを訪れた定年間近のサラリーマンの話を聞いてもらおうと思った。

「へえ、どないなことでっしゃろ」

「そのお客様は二十年ほど前に再婚されて、奥さんの連れ子のお嬢さんを育ててこられたそうなんです。本当に可愛がられて、よく言う『目に入れても痛くない』ほどに愛情を注《そそ》いできたとおっしゃってました。ところが、そのお嬢さんから、結婚式に、実のお父さんにも出席してもらいたいけど、いいかと聞かれたそうなんです。拒《こば》めば度量の狭い人間と思われる。『いいよ、そうしなさい』と答えたそうです。結婚式のあと、披露宴も無事に終わり、最後に両親への花束贈呈の場面になった。そのお客様は、娘が大きくなって、そういう場面が来たらどんなに嬉しいだろうと、そのシーンをずっと楽しみにして育ててきたそうなんです。ところが……」

もも吉は、何も言わず淳也の眼を見つめている。

「新郎が、自分の父親と母親に花束を渡す。次に、お嬢さんが三つ、花束を手にした。二人の父親と母親が、並んで立つ。一人は本当の父親、そしてもう一人は育ての父親。最初に、育ての父親であるそのお客様に花束を渡した。お客様は感激で胸が詰まって泣きそうになったそうです。でも、せっかくのめでたい席。必死に涙を堪《こら》えたそうです。次に、本当の父親が花束を受け取った。すると、その瞬間、ウォンウォンと声を上げて号泣《ごうきゅう》されたんだそうです。それを見て、花嫁さんもワァ～て泣き出してしまった。そのうち、互いに抱き合い涙が止まらなくなってしまった。それを見て、会場にはもらい泣きする人も……。自然に拍手が巻き起こり、鳴りやまなかったんだそうです。まるで、目の前で抱き合って泣いている二人が、その日の主役のように思えてしまい……それで、お客様はそれ以来、『自分は何だったんだろう。精一杯、妻を愛し娘を愛してきた。それなのに』と、心がモヤモヤとして、やり切れなくなってしまったというのです」

隠源が、悲しげな眼をして慰めてくれた。

「なるほど、そういうことがあったんやな。それでまた迷い始めたいうわけか」

「はい」

「元の妻や、元の義父母が『水に流す』と言ってくれても、詩織を立派に育ててくれた今の父親はどう思うかと考えてしまったんです。私はパチンコにはまって迷惑をかけ、すべてを失いました。今でも、その罪は消えないし、娘の結婚式にのこのこ出掛けようなんてあまりにも虫がよすぎる。私は考えがあさはかでした。詩織を育ててくれた父親からしたら、娘が望むことを拒めるはずがない。でも私が出席したら、愉快であるはずがないのです」

隠源和尚が、腕組みをして唸《うな》るように言った。

「う〜ん、あんたやさしいお人やなぁ。迷う気持ちはようわかる」

「うちも、痛いほどわかります」

もも吉も、そう一言漏らしたかと思うと、一つ溜息をついた。

そして、裾の乱れを整えて座り直す。

普段から姿勢がいいのに、いっそう背筋がスーッと伸びた。

帯から扇《おうぎ》を抜いたかと思うと、小膝《こひざ》をポンッと打った。

ほんの小さな動作だったが、まるで歌舞伎役者《かぶきやくしゃ》が見得《みえ》を切るように見えた。

「あんさん、式に出るんは止めときなはれ」

「何冷たいこと言うんや」

と、隠源が口をはさんだ。もも吉は、いたって冷静に続ける。

「あんさんの気持ち、ようわかりました」

そして、淳也の瞳をまっすぐに見つめて言った。

「式には出ん。詩織ちゃんには会わんけど、会える。会わんでも、あんさんの気持ちが伝わる。そないな方法、一緒に考えてみまひょ。幸い、披露宴《ひろうえん》会場の南禅寺グランドホテルの総支配人は、昔からよう知った仲や。どないな無理も聞いてくれるさかい」

会わんけど、会える……。

淳也は、もも吉のまるで謎かけのような言葉に首を傾《かし》げた。しかし、まるですべての悲しみも苦しみも包み込むようなもも吉の微笑みに、この身を託《たく》したいと思った。


式は無事に、平安神宮《へいあんじんぐう》で執《と》り行われた。

紅葉《こうよう》のまさに盛りで、あたかも二人を祝福しているかのように神苑《しんえん》を錦《にしき》に染め抜いていた。

詩織は、挙式《きょしき》の神事が始まる直前まで祈っていた。

「お父ちゃん、来て」

と。しかし、その姿はなくホテルの披露宴会場へと移動することになった。

衛司の話では、参列してくれると約束したという。何か事故でも起きたのか。それとも、衛司への返事は端《はな》から偽《いつわ》りだったのか。詩織は、かぶりを振り、お父ちゃんを信じることにした。きっと、披露宴には来てくれるはずだ。ただ、ただ、そう願った。

衛司に、悲しい顔を見せるわけにはいかない。衣装を、白無垢《しろむく》から真っ白なウエディングドレスに着替えると、控え室に次々と親戚や友人がやってきた。

「おめでとう。詩織ちゃん、衛司君」

満福院の書道教室の仲間は、一斉に押し寄せるように入ってきた。

普段は法衣《ほうえ》の隠善は、黒紋付《くろもんつき》に袴《はかま》。なんだか七五三のようでおかしくて笑いそうになってしまった。美都子は、やっぱり女優になるべきだったのではと、改めて思う。花嫁である自分よりも目立たない配慮で、地味《じみ》なベージュのドレスをまとっている。それでも、華やいで見えてしまうのだ。

そして、披露宴が始まった。

みんなが席に着く中を、後ろの扉が開き、衛司と一緒に丸テーブルの間を縫うようにして進む。その中で、一つだけ空いている席が目に留まってしまった。お父ちゃんの席だ。

（だめだ、だめだ。笑顔でいなければ……）

詩織は懸命《けんめい》に自分に言い聞かせて、トビキリの笑顔を作った。

参列者が次々とスマホを向けて、シャッターを切る。

宴が始まった。


心に雲が立ち込めたまま、式次第はすべて順調に進んだ。

いよいよ、最後の、両親への花束贈呈だ。

詩織は、血の繋がりがないにもかかわらず、愛情をいっぱいに注いでくれたお父さんに、心から「ありがとう」と伝えた。お父さんは眼を真っ赤《まっか》に腫《は》らして、花束を受け取ってくれた。

ついに、お父ちゃんは現れなかった。

このあと、衛司がマイクを手にして参列者への感謝の気持ちを伝えることになっている。高砂席《たかさご》に戻ると、詩織の耳元で衛司がささやいた。

「僕から詩織ちゃんに、サプライズのプレゼントがあるんや」

「サプライズ？」

衛司はそばにいた会場支配人の方を向き、目配《めくば》せした。打ち合わせの時からお世話になっている人だ。すると、支配人はインカムで何やら、ささやいた。それを合図《あいず》にして、司会者の後ろの扉が開き、白い大きなお皿を持ったスタッフが現れた。スーッと詩織の目の前まで来ると、お皿をテーブルに置いた。

「え⁉　なんやの？」

衛司の顔を見ると、何も言わずニッコリと笑った。スタッフが、おもむろにステンレスのふたを開けた。すると、お皿の上には、オムライスが……。

詩織は、思わず声を上げげた。

「衛司君！　これって」

「そうや」

「お父ちゃんのオムライスや！」

「あの日」、掛川のレストランで詩織のために作ってくれたオムライスだ。耳はニンジン、目はグリンピース。鼻と口は、海苔。身体には、薄焼き卵のブランケットが掛けてある。お皿の余白には、「詩織＆衛司　HAPPY　WEDDING」とケチャップで書かれていた。

これは、これは……間違いなくお父ちゃんのオムライスだ。涙があふれてきた。オムライスのウサギが、涙でにじんで笑っているように見えた。スマホを手にした友人が駆け寄り、オムライスを撮《と》った。

衛司が言う。

「詩織ちゃん、黙っててかんにんな。くれぐれも内緒《ないしょ》やて頼まれたんや。実は、夕べ遅くに僕のとこに、詩織ちゃんのお父さんから電話があったんや。こないなハレの日ぃに過《あやま》ち犯した人間が席を同じゅうすることは、どう考えてもでけへんて。その代わり、詩織ちゃんのこと、扉の隙間《すきま》からでもこっそり見させてほしいて。詩織ちゃんには申し訳ない思うたけど、すぐそこの扉の隙間から、ずっと詩織ちゃんのこと見ててもろうたんや」

衛司が、ドリンクサービスの担当スタッフが背にしている扉を指さした。

「え？　そこの扉」

詩織は思わず立ち上がり、その扉に向かって叫んだ。

「お父ちゃん！」

「もうお父さんはおらへん」

「なんで？」

「オムライス作ってすぐに帰らはった。もう京都駅に向かってはる」

会場の参列者が「なにごとか」とざわつき始めた。そこへ、高砂席の真後ろのスクリーンに、たった今、撮影されたばかりのオムライスが写し出された。書道教室の幼馴染みの一人が、詩織と衛司の方を向いて、親指を立てて見せた。

会場から、声が上がる。

「かわいい～」

「わあ～ステキ！」

衛司がマイクを手にして、参列者に事情を説明した。

この晴れの日に、詩織の実の父親を招待したが、固辞《こじ》されたこと。

ついさっきまでその扉から、父親がウエディングドレス姿の新婦を見ていたこと。

さらに……娘への贈り物として、その昔、一度だけ作って食べさせたことのある「思い出」のオムライスを作り、掛川へ帰って行ったことを。

そこまで衛司が話すと、花束を手にしたお父さんが、高砂席まで駆けて来た。

詩織の前に立つ。

「あかん、あかんで、詩織！　このまま帰したらあかん。私のことは気にせんでもええ。私は、詩織の事、お前のお父さんから預かって育てただけや。大事に大事になぁ。そやけど、本当のお父さんは、淳也さんや」

マイクは使っていない。

なのに、会場全体に、その声は響き渡った。

お父さんが振り返る。

そして、参列者を見回して大声で言う。

「みなさん、お願いがあります。このあと、二次会もあります。ロビーで新郎新婦と記念写真を撮りたい方もいらっしゃるでしょう。そやけど、今ならまだ間に合う。詩織に、実のお父さんを引き留めに行かせてやってもらえませんでしょうか」

一番、後ろの席に座っていた祖父母が、詩織たちのところへやって来た。

「かんにん、かんにんや。父親と、娘を引き裂いたんは私たちや。もっと、ええ方法があったんかもしれへん。みんなが幸せになる方法が何やあったんかもしれへん。詩織、かんにんや。詩織、淳也さんを追いかけなはれ」

衛司が言う。

「早《はよ》う行くんや。ここは、僕が引き受ける。二次会に連れて来るんやで！」

美都子が走り寄って来た。

「うちが付き添います」

と言い、詩織の手を握った。隠善が、

「僕も一緒に行こう。多い方がええ。今、調べた。掛川駅で停まる新幹線のこだま号は、一時間に一本や。タクシーを飛ばせば、次の電車に間に合うで」

衛司が叫んだ。

「早《はよ》う！」

会場全体から拍手《はくしゅ》が巻き起こった。

「気張りや！」

「大丈夫、間に合う」

「二次会で、待ってるでぇ」

声援の中を、詩織は美都子に手を引かれて駆けた。入口で、くるりと向きを変え、参列者に一礼をした。

猛ダッシュで階段を駆け下り、ホテルの入口に控えていたタクシーに飛び乗った。

京都駅八条口のタクシー降車場で降りると、入場券を自動券売機で買い、すぐ脇の改札を通り抜けた。エスカレーターを上がると、コンコースだ。折しも、紅葉真っ盛り。団体客も多く大混雑している。

周囲の人たちの視線が、一斉に詩織たち三人に向けられた。

「ロケじゃない」

「カメラはどこ？」

詩織はウエディングドレス。美都子も、上着もまとわぬままのパーティードレスだ。それに加えて隠善は、黒紋付に袴ときている。奇妙な取り合わせが注目を浴びないわけがない。

何人もの人たちに、スマホを向けられた。

その人込みをかき分けて、東京方面のプラットホームのエスカレーターへと進む。

美都子が、叫んだ。

「詩織ちゃんのお父さんいますか！」

隠善も大声を上げた。

「淳也さん！　淳也さんいますか‼」

さすが、日々の読経《どきょう》の賜物《たまもの》、その声にコンコースがほんの一瞬、静寂《せいじゃく》になった。

アナウンスが流れた。

「まもなく、12番線に十六時三十分発こだま……」

「ここにはおらへん。早う、プラットホームに上がろ！」

と、隠善が言った。エスカレーターも駆け上がりたいところだが、団体客がずらりと二列で並んでいる。イライラするが、どうすることもできない。

ようやく、プラットホームに着くと、そこも人でいっぱいだ。

詩織は叫んだ。

「お父ちゃ〜ん」

列に並ぶ乗客が、一斉に振り向く。それにかまわず、駆け出そうとして躓《つまず》いた。

詩織は、白いハイヒールを脱ぐと、右手に持った。左手を美都子に引かれて、再びホームを探して進む。

「おらへんなぁ。名古屋か浜松で乗り換える、のぞみ号かひかり号に乗ってしもうたんやろうか」

と、隠善が溜息をついた。


淳也は、「これで良かったのだ」と自分に言い聞かせた。

コンコースのスタバで買ったコーヒーを手にして、列に並んだ。まもなく、乗車するこだま号が到着する。きっと、もうこの街を訪れることはないだろう。

その時、雑踏《ざっとう》の向こうで、甲高《かんだか》い男性の声がした。

「こっちや、こっち!」

顔を向けると、見覚えのある顔だ。隠源和尚の息子の隠善だった。そのあとを追うようにして、大柄な外国人グループの隙間から、もも吉の娘の美都子も現れた。

二人とも息が荒い。いったい、どうしたことか。しかし、次の瞬間、息を呑んだ。美都子にしっかりと手を引かれて、純白のウエディングドレスをまとった女性が目に飛び込んできたからだ。

「詩織……」

ついさっき、披露宴会場で、扉の隙間から見ていた詩織が、自分のほんの五メートルのところにいた。

右手には、白いハイヒールを持っている。

「お父ちゃん！」

「……」

「お父ちゃん！　帰らんといて!!」

声が出ない。

動けない。

そこへ、新幹線がホームに入ってきた。

「知ってる俳優さん？」

「テレビ？　映画？」

気付くと、淳也、そして詩織ら四人をぐるりと囲んで人垣ができている。そのほとんどが、スマホを向けていた。

詩織が駆け寄ってくる。

「あっ、危ない！」

転びそうになるのを、淳也はとっさに前に出て、受け止めた。

腕の中で、詩織が泣きながら言う。

「行ったらあかん。お父ちゃん、行かんといて」

「ごめんな、ごめんな。詩織、ごめんな」

もし、会うことができたら、いっぱい話がしたいと思っていた。淳也は、どうせかなわないことと知りつつ、夢の中で成長した詩織との会話を繰り返してきた。でも、それしか言葉が出なかった。

「お父ちゃん」

「詩織……ごめんな」

何も事情を知らないはずの乗客の一人が、パチパチッと拍手をした。

その隣の乗客もつられて拍手をした。

淳也は、流れ出す涙を止めることができない。

「詩織、詩織……」

拍手は連鎖《れんさ》して鳴り響き、割れるような祝福の嵐になった。

娘が今、腕の中にいる。
しっかりと目に焼き付けたい。
しかし、涙で曇ってそれがかなわなかった。

巻末特別インタビュー

著者・志賀内泰弘がもも吉お母さんと美都子に京都の老舗《しにせ》和菓子店を教えてもらう

「ようおこしやす、志賀内さん。あら、なんやお疲れどすなぁ」

「はい、そうなんですよ。執筆の合間を縫《ぬ》って、物語に登場させる甘味処の取材のために上洛《じょうらく》したものの、新幹線のホームに降りたとたん修学旅行生がいっぱいで、まっすぐ歩くこともかないません。駅のトイレはどこも長い行列で、あやうく……」

市内のどこへ行っても、修学旅行生があふれている。京都の街が賑《にぎ》わうのは心から嬉《うれ》しいが、雑踏に酔ってしまい「もも吉庵」へと避難して来たというわけだ。

「それは難儀《なんぎ》しはりましたなぁ。さあさあ、麩《ふ》もちぜんざいでも召し上がっておくれやす」

と、もも吉が苦笑いして勧めてくれた。

「美都子《みつこ》は毎日のように、修学旅行生の案内に追われてるようどすえ」

「へえ、かつての修学旅行は観光バスで巡るんが普通どした。それが今は、数人のグループごとにタクシーを利用して観光しはります。おかげさまでタクシーの仕事は繁盛させてもろうてます」

満福院《まんぷくいん》の隠源和尚《いんげんおしょう》が、ちょっと眉《まゆ》をひそめて言う。

「ええご身分やなぁ、今どきの子らは。わてらの頃は、子どもがタクシーに乗るなんて、贅沢《ぜいたく》過ぎて考えられへんかったわ」

「そやけど隠源さん、その今どきの子らは、えろう勉強熱心なんよ」

すると、副住職の隠善《いんぜん》が口を開いた。

「美都子姉ちゃん、勉強熱心てどないなふうに？」

「それがね、ついこの前案内した中学校の生徒さんらは、修学旅行で巡った先の歴史や文化を秋の文化祭で発表するんやて。それで、事前に案内して欲しい場所のリストを送ってきはったんや。うちも祇園《ぎおん》生まれの祇園育ちや。恥ずかしいことは教えられへん。お母さんと相談して、徹夜して解説の下調べしましたんや」

（これは小説の参考になるかもしれしない）

そう思うと、ついつい前のめりになって尋《たず》ねた。

「それはどんなコースなんですか？」

美都子が答える。

「へえ、『京都の老舗中の老舗の和菓子屋さんの歴史探訪』なんどす」

「うわ～！　老舗中の老舗ですか!!　それは興味あるなあ」

隠源和尚が頷《うなず》きながら言う。

「ええ企画やないか。京都では、江戸時代より前から商《あきな》いしてはるお店が珍しゅうないさかいになあ」

「まだバッグの中に資料が残ってますさかい、披露《ひろう》しまひょか」

と美都子が言ってくれたので、早速、メモ帖を取り出して構えた。

「まず最初にお連れしたんが、今宮《いまみや》神社の門前の『一文字屋和輔《わすけ》』通称『一和《いちわ》』さんどす。ここは、創業が平安《へいあん》時代の長保《ちょうほう》二年（西暦一〇〇〇年）という日本最古の和菓子屋さんです。志賀内さんもご存じの通り、今宮神社さんは平安京ができる前には、元々疫神《えきじん》を祀《まつ》る社《やしろ》があったと言われてます。一条《いちじょう》天皇の御代《みよ》、正暦《しょうりゃく》五年（九九四年）に悪疫退散《あくえきたいさん》を祈る集《つど》いがここで開かれて、それが今宮神社の始まりになったそうです」

（そうは言われても、知らない事ばかりである）

「この今宮神社の参道にある『一文字屋和輔』が手掛けるあぶり餅《もち》は、神社に奉納《ほうのう》された餅と竹の『おさがり』を使って拵《こしら》えたんがルーツやそうです。そやから、厄《やく》除《よ》けのご利益《りやく》があるいう訳どす。小さく切ってきな粉をまぶしたお餅を炭火であぶって、竹を割って作った串に刺し、地元の白味噌《しろみそ》のたれにつけてあります」

「ああ〜たまらん。あの香ばしい匂い思い出すと、食べとうなる」

と、隠源和尚が口元に手をやった。「うちもどす」と言いながら、美都子が説明を続ける。

「その『一文字屋和輔』の真向かいにある『かざりや』さんも、同じ『あぶり餅』を作ったはります。こちらは江戸時代に商いを始められたというても四百年やから、たいしたもんや思います。その二軒のお店のことを、巷《ちまた》ではライバルやて言わはるお人もいるそうやけど、実は大の仲良しやないかて、うちは思うてます。そやないと四百年も同じお餅を売り続けることなんてでけへんはずやさかい」

「ほんまや」

と、もも吉も隠源、隠善も頷いた。

「さて、次は『御《おん》ちまき司《し》　川端道喜《かわばたどうき》』さん。粽《ちまき》の老舗で『水仙粽』『羊羹粽《ようかん》』が有名どす。どっちも購入するには予約が必要やさかい、先日は生徒さんたちのために事前に注文させていただきました。『羊羹粽』は吉野葛《よしのくず》に砂糖とこしあんを加えて練り、笹の葉に包んで蒸したもんどす。こしあんを使わず、吉野葛に砂糖だけで拵えたんが『水仙粽』。こちらのお店の歴史もずいぶん古うて、文亀《ぶんき》三年（一五〇三年）の創業やそうです。なんでも明治二年（一八六九年）に天皇陛下が東京に移られるまで、宮中に毎朝お餅を納めてはったんやて。当時は、ぼたもちのようなもんやったらしい。納める際に通らはる門が、御所に『道喜門』いう名前で、今も残ってます」

なんともすごい話だ。天皇の朝ご飯を作っていたお店が、未《いま》だに営業を続けているとは、京都の歴史の深さには唸《うな》るばかりだ。

「まだまだ歴史のあるお店はあります。西本願寺《にしほんがんじ》さんの真向かいにある『亀屋陸奥《かめやむつ》』の『松風《まつかぜ》』どす。織田信長《おだのぶなが》と石山《いしやま》本願寺の合戦の際、兵糧《ひょうろう》代わりにされたと言われてます」

「え⁉　信長ですって！」

「へえ、室町時代、応永《おうえい》二十八年（一四二一年）創業。小麦粉、砂糖、麦芽飴《ばくがあめ》、白味噌を混ぜ合わせ、自然発酵《はっこう》させて焼き上げるそうどす。カステラに似てますけど、カステラとは違《ちご》うてモチモチしてます。麦芽の香りと白味噌の風味《ふうみ》が合《お》うて、うちの大好物。和菓子やけど、コーヒーにも紅茶にもどんな飲み物にも相性がええ思います」

「千年とか五百年、六百年とか、圧倒されますね」

「もう一つ、五百年近いお店を紹介しましょか」

美都子が言い、トートバッグから小さな包みを出し、中から琥珀《こはく》色《いろ》の飴《あめ》を一つ差し出した。

「ああ、これってもしや……」

「へえ、『幽霊子育飴《こそだてあめ》』どす。こちらの創業は四百五十年以上前。松原通の六道珍皇寺《ろくどうちんのうじ》の門前、『みなとや幽霊子育飴本舗《ほんぽ》』さんで作ったはります。慶長《けいちょう》四年（一五九九年）、ある女性が亡くなって埋葬《まいそう》され、数日後にそこで赤ちゃんの泣き声が聞こえたので、掘り返すと女性の亡骸《なきがら》と一緒に生きた赤ちゃんがいたそうです。その頃、夜な夜な飴を求めてお店に来る女性がいたそうですが、店主が赤ちゃんを助けた日からピタリと買いに来なくなったそうです。亡き母の魂が我が子のために飴を求める幽霊を生んだと評判になり、幽霊子育飴とよばれるようになったそうどす」

「なんとも切ない話ですねぇ。命をつないだ飴か……」

そう言いつつも、「これはいつか、物語のネタに使えそうだなぁ」と、頂いた飴を含みながらほくそ笑んでメモをした。それを見透かしてか、もも吉が言う。

「志賀内さん、また小説のアイデアを考えてはったんやないですか？」

「は、はい、図星《ずぼし》です」

「職業病のようどすなあ。美味《おい》しいもん食べるときには、仕事のことは忘れなはれ」

「はい」

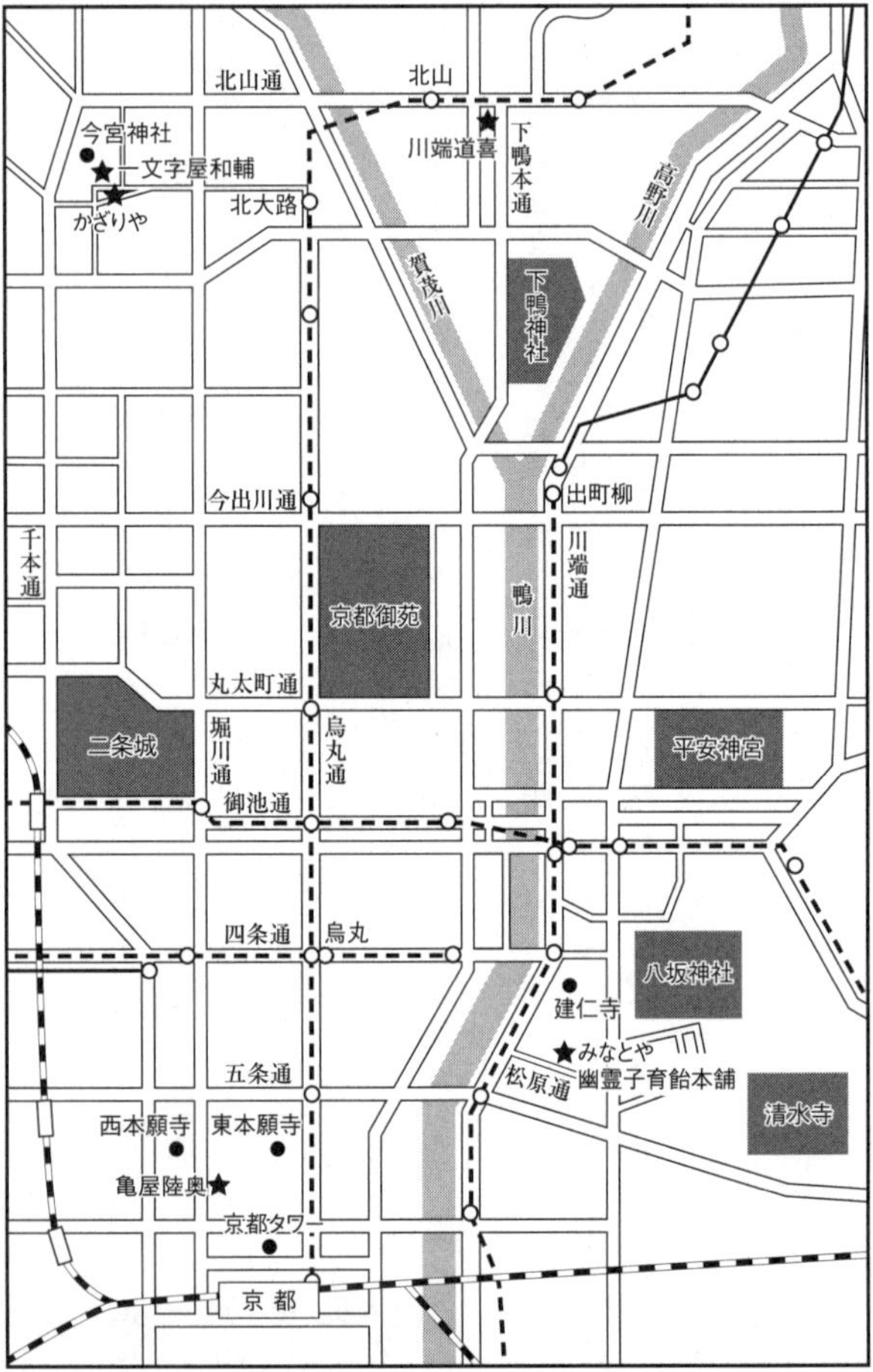
北山通
北山
今宮神社
一文字屋和輔
かざりや
川端道喜
下鴨本通
北大路
高野川
賀茂川
下鴨神社
今出川通
出町柳
千本通
川端通
鴨川
京都御苑
丸太町通
二条城
堀川通
烏丸通
平安神宮
御池通
四条通
烏丸
八坂神社
建仁寺
みなとや
松原通
幽霊子育飴本舗
五条通
清水寺
西本願寺
東本願寺
亀屋陸奥
京都タワー
京都

もも吉の言う通りだ。

「美都子さん、『幽霊子育飴』もう一つください」

「わてにもな」

そう隠源が言い、手を差し出すと、

「隠源さんは甘いもんやめといた方がええ思う。ねぇ、お母さん」

「そうや、総合病院の高倉センセに言いつけるで」

「そ、そんな殺生《せっしょう》な〜」

もも吉庵は、いつものように笑いの渦に包まれた。

著者紹介

志賀内泰弘（しがない　やすひろ）

作家。

人のご縁の大切さを後進に導く「志賀内人脈塾」主宰。

思わず人に話したくなる感動的な「ちょっといい話」を新聞・雑誌・Ｗｅｂなどでほぼ毎日連載中。その数は数千におよぶ。

ハートウォーミングな「泣ける」小説のファンは多く、「元気が出た」という便りはひきもきらない。

ＴＶ・ラジオドラマ化多数。

著書『5分で涙があふれて止まらないお話　七転び八起きの人びと』（PHP研究所）は、全国多数の有名私立中学の入試問題に採用。

他に『№1トヨタの心づかい　レクサス星が丘の流儀』『№1トヨタのおもてなし　レクサス星が丘の奇跡』『なぜ、あの人の周りに人が集まるのか？』（以上、PHP研究所）、『眠る前5分で読める　心がスーッと軽くなるいい話』（イースト・プレス）、『365日の親孝行』（リベラル社）、「京都祇園もも吉庵のあまから帖」シリーズ（PHP文芸文庫）などがある。

志賀内泰弘公式ホームページ
https://shiganaiyasuhiro.com/

「京都祇園もも吉庵のあまから帖」シリーズ特設サイト
https://www.php.co.jp/momokichi/

目次、登場人物紹介、扉デザイン——小川恵子（瀬戸内デザイン）

この物語はフィクションです。

本書は、『PHP増刊号』（2023年3、5月号）、に掲載された「京都祇園もも吉庵のあまから帖」に大幅な加筆をおこない、書き下ろし「春浅し 焦がれし恋に忍ぶ恋」「夢に見る 祇園の舞妓になりたくて」「子育てに 悩む父あり夏燕」を加え書籍化したものです。

ＰＨＰ文芸文庫　京都祇園もも吉庵のあまから帖7

2023年７月21日　第１版第１刷

著者	志賀内泰弘
発行者	永田貴之
発行所	株式会社ＰＨＰ研究所

東京本部　〒135-8137 江東区豊洲5-6-52
文化事業部　☎03-3520-9620(編集)
普及部　☎03-3520-9630(販売)
京都本部　〒601-8411 京都市南区西九条北ノ内町11

PHP INTERFACE　https://www.php.co.jp/

組版	有限会社エヴリ・シンク
印刷所	図書印刷株式会社
製本所	東京美術紙工協業組合

　ISBN978-4-569-90317-0

PHP文芸文庫

京都祇園もも吉庵のあまから帖

志賀内泰弘 著

京都祇園には、元芸妓の女将が営む「一見さんお断り」の甘味処があるという――。ときにほろ苦くも心あたたまる、感動の連作短編集。

PHP文芸文庫

京都祇園もも吉庵のあまから帖2

志賀内泰弘 著

もも吉の娘・美都子の出生の秘密とは？京都祇園の甘味処「もも吉庵」を舞台に繰り広げられる、味わい深い連作短編集、待望の第二巻。

PHP文芸文庫

京都祇園もも吉庵のあまから帖3

志賀内泰弘 著

忽然と姿を消したかつての人気役者が祇園に現れたわけとは？　祇園の甘味処に集う人々の哀歓を描いた人情物語、急展開の第三巻。

PHP文芸文庫

京都祇園もも吉庵のあまから帖5

志賀内泰弘　著

声を失い、筆談でお座敷を務める舞妓の勇気が起こした奇跡とは。古都の風物詩の中で、凜として生きる人々の姿を描く、感涙の第五巻。

PHP文芸文庫

京都祇園もも吉庵のあまから帖6

志賀内泰弘　著

「同級生の冤罪を晴らして」と懇願する女子高生の悔恨とは。人の哀歓に寄り添う女将と、祇園の人々の人情を描く好評シリーズ第六巻。

PHP文芸文庫

猫を処方いたします。

石田 祥 著

怪しげなメンタルクリニックで処方されたのは、薬ではなく猫⁉ 京都を舞台に人と猫の絆を描く、もふもふハートフルストーリー！

PHP文芸文庫

京都くれなゐ荘奇譚(一)〜(三)

白川紺子 著

女子高生・澪は旅先の京都で邪霊に襲われる。泊まった宿くれなゐ荘近くでも異変が……。「後宮の烏」シリーズの著者による呪術ミステリー。

PHP文芸文庫

下鴨料亭味くらべ帖

料理の神様

柏井 壽 著

京都の老舗料亭を継いだ若女将のもとに、突然料理人が現れた。彼と現料理長が季節の食材を巡り「料理対決」を重ねていくのだが……。

PHP文芸文庫

花は咲けども　噺《はな》せども

神様がくれた高座

立川談慶　著

鳴かず飛ばずの落語家・山水亭錦之助の周囲で起こる騒動を、立川流の真打ちを務める著者が自らの経験を基に描く、笑いと涙の人情物語。